資優（ギフテッド）

鈴木涼美

繞到正對著隔開紅燈區與韓國街的馬路的建築物後面，推開停車場後面厚重的門板，沿著門旁邊的內梯爬到三樓，爬上去以後又是一扇通往走廊的厚重門板，用上全身的重量，推開到一定的空隙時，每次都會發出金屬傾軋似的聲響。趁著門緩緩關閉前，將鑰匙插進自家房門的鑰匙孔，向左側旋轉，這次會響起開鎖的聲音。

我每晚都聽著這兩種聲響回家。萬一鉸鏈傾軋的噪音或是老舊的喇叭鎖在旋轉途中發出的聲響太長或太短，都會令我感到不安。要是先把沉重的行囊放在地上，或不小心讓鑰匙掉在地上，也會破壞原本的節奏。

或許是夏天失去了太多東西，秋意漸濃前，我未及深思就答應母親想搬來我家的要求。

侵蝕母親胃部的病灶終於進展到連要維持生命都有困難的階段，母親正在尋找死亡的地方。

「只剩一篇了，我想把詩寫完。」母親在電話那頭說：「妳也知道躺在病床上無法完成吧。」

妳也知道吧。即使從這句話裡嗅出親情勒索的味道，我也已經既不生氣，也不煩躁了。

母親覺得這個位於紅燈區邊緣的房間勝過一成不變的病房。想到母親將抱著這種感覺死去，我甚至有些同情。母親終究沒能達成她追求了一輩子的崇高成就。出版過幾本薄薄的詩集，憑著美貌接受過幾次雜誌的專訪，還上過一次地方電視臺的晨間節目，用日語朗讀英國詩人的作品。但也只是這樣而已。

掛斷電話兩天後，母親直接從醫院搬來我家。剛好是我的心情「早點說的話，我就能先處理好自己的事，準備好需要的東西」與母親認為我絕不會拒絕她來住我家的安心各占一半的時候。

搭計程車抵達的母親穿著寬寬鬆鬆的長褲和長袖T恤，勉強再披上一件外套。

母親如今只能穿著不會再給身體增加任何壓力的寬鬆睡衣過日子，所以大概是住院那天穿的藏青色外套對她而言，是唯一能看得出過往生活的物件。母親只有兩個當初住院時帶去的包包，問她需要去她以前住的地方拿什麼東西來嗎？母親說沒那個必要。其中一個包包裝了兩套睡衣和牙刷、梳子，另一個是我記憶中也出現過的包包，不用打開來看也知道裡面裝了什麼。

上次與母親在同一個房間醒來是近八年前，載著恐怖分子的飛機以玉石俱焚的氣勢衝撞進紐約的摩天大樓時。除了尚未成年的兩、三年以外，我與母親並非完全斷絕聯繫。自從我意識到母親的病比想像中嚴重，我們反而頻繁地保持聯絡，偶爾也會在醫院或外面見面。

我之所以那麼久不見母親，或許是因為每次見到母親，母親都會比上次消瘦，頭髮也比上次稀薄。母親年輕時留著一頭長度蓋過乳房、充滿光澤的漆黑秀髮。髮量多到要綁起來還是燙鬈都有難度，與我帶點咖啡色的一頭亂髮形成對比，母親的黑髮又直又長，即使夏天也都披在肩上。攏起的瀏海只要稍一沒型，母親就會去美髮沙龍弄得漂漂亮亮地回來，而不是去住家附近、我常去的美容院。

去年春天還信誓旦旦要活下去的母親，如今似乎已經沒了當初的氣勢。結果還沒打開裝有文具的皮包，拿出筆寫字，只在我家住了九天，就因為呼吸困難回醫院。

現在回想起來，早知道我們同居生活不到半年，甚至連幾個月都不到的話，就算幾乎都沒在聽，也該跟她聊些她可能會感興趣的話題，每天做點她能吃的東西給她吃，讓她好好地泡個澡。至少不要丟下按醫院的就寢時間吃藥、睡覺的母親出門。我們只有她搬來的那個晚上一起就寢。母親似乎以為我只有兩天可以陪她，所以也不能強求，但我出門其實很少是為了工作。

每天一到晚上，母親發現我準備出門，就會刻意拖延吃藥的時間，翻開報紙，硬生生地擠出一些問題來問我。我知道她是為了留住我。母親不會說「別走」、「留在家裡」、「陪在我身邊」，而是指著報紙的節目表給我看，把電視遙控器塞到我手裡說：「今天有沒有什麼節目可以在睡前打發時間啊？」

母親的手臂遠比柔軟又細緻的健康時多毛，皮膚鬆弛，比我的食指、中指、無名指加起來還細。我為她乾燥到彷彿會掉屑的皮膚擦上去藥房買的便宜保溼霜，讓她的手看起來較有血色後，她又會問我：「一起來看有沒有什麼好看的節目嘛。」她明明沒有看電視的習慣，卻拚命想用無關痛癢的對話留住我。這樣子反而讓我更加焦慮，更想快點出門。

所以我盡量拖到最後一刻才換衣服，外出時也盡可能避免打扮得花枝招展，不顯出一看就知道是要去歡場的樣子。平常要花一個小時化的妝也僅止於上粉底，剩下的等出了門再說。為了縮短母親挽留我的時間而做的樸素打扮反而非常符合母親的審美。只有一次，母親稱讚我「今天穿成這樣很可愛」。明明只是牛仔褲上面搭一件米白色的開襟毛衣。這是母親第一次誇獎我的穿著打扮。但我只是為了讓母親趕快吃藥、睡覺，狡獪地堵住母親為了和我在一起可能會提出的問題，好每天晚上都能出門溜躂。丟下正要睡著的母親外出時，從屋外鎖門發出的聲響委實令人痛恨。

要是能天真地虛張聲勢或擺出高高在上的態度，母親或許能活得輕鬆一點兒。母親的個子不高，但腿很長，鼻子很挺，眼睛很大，肌膚雪白，一旦晒到夏日的豔陽就會泛紅、發熱，所以母親從不去海邊或游泳池。母親很清楚自己長得漂亮，也因此得到不少好處，卻又瞧不起稱她為美女的人世間。這種性格也表現在創作上，有人讚美母親的詩，卻不給予母親想聽到的讚美。母親的自尊心如此複雜，所以也不能怪他們只接收到母親表面上的難以相處。即便有人能暫時與她相處融洽，不一會兒又不聞其名、不見其人了。問我母親有哪些朋友，我能想到的都是已經好幾年沒聽過的名字。或許母親長成這樣的最大優勢就是看在旁人眼中，不會覺得這種生活未免也太孤獨、太悲慘了。正因為如此，我不讓自己直視母親形銷骨立的身材、體毛變多、頭髮變少的模樣。

第九天中午，我在麵條上淋了熱呼呼的高湯，再擺上九條蔥和明太子給母親吃。因為我天亮才回來，睏得要死，問母親吃得下什麼，母親卻遲遲不回答，我失去耐性，隨便用初夏買的麵條煮一煮。我只要有麵條和鍋子就能活下去，所以九條蔥和明太子是母親搬來以後才買的。我把麵條裝進紅色小碗，放在被褥邊的矮桌上，母親吃了一口，笑說很好吃。又吃了三、四口，放下筷子。原本就只裝了一點兒麵條，所以根本看不出來有沒有減少。

「即使是這麼美味的食物也吃不了了。」

母親坐在被褥上，隔著量販店賣的便宜矮桌，滿臉歉意的模樣怎麼也離不開「人之將死」這句話。顯然已經穿了很多次、質料柔軟的長袖睡衣底下沒穿內衣。大概是在醫院裡的商店買的。雖說因病沒力氣去買衣服，但也很難想像黃色花紋的睡衣是母親自己的選擇。可能是拜託去探病的朋友幫她準備的，我從未在母親的病房裡見過任何訪客。想起她在詩裡無數次暗喻到死亡及弔唁的形象，連我都覺得胃無比沉重。

「沒關係，吃不下就不用勉強。」

我無意對母親冷淡，聲線卻帶著不必要的冷漠。有如盛夏的陽光從蕾絲泛黃的窗簾照射進來，感覺地毯快要可以滋滋作響地煎蛋了。再也忍受不了坐在髒兮兮的坐墊上，只想快點收拾母親用完的碗筷，於是我站起來，放著自己還沒動筷的碗不管，走向設置於同一個房間裡的流理臺。我家只有兩個房間，另一個房間塞滿了床和衣服、包包，無法再容納母親。只想在有著流理臺、通往浴室的門、通往廁所的門、對著大門口的空間搞定與母親的共同生活。明知現在的母親已經沒有體力批評我的名牌包及晚禮服，還是不想讓她看見。

「抱歉啊。」母親說道。我猜我的一言一行、一舉一動看起來不是在生氣，就是很冷淡，再不然就是很不耐煩。母親因為吃不下向我道歉實在很莫名其妙。即便如此，我仍希望母親向我道歉。為了什麼都好，我希望母親向我道歉。不願母親看到我的表情，我在流理臺倒掉母親沒吃完的麵線。洗滌母親用過的碗筷時，感覺母親正慢吞吞地、顫巍巍地朝我靠近。即使感受到母親的存在，母親倒映在流理臺前方毛玻璃窗戶上的影子卻沒有一絲現實感。母親只有上廁所還勉強能靠自己去，除此之外，就連刷牙洗臉都是我用臉盆裝水，端到床邊服侍她。

母親來到我身後，又重複了一遍「抱歉啊」，摸過我手臂後側的刺青。我沒回頭，繼續用菜瓜布刷洗根本不髒的碗。母親來之前，我很少使用菜瓜布，幾乎跟全新的沒兩樣，只過了一個禮拜就變得髒兮兮，邊緣都起毛球了。我住的街道晚上很吵，然而白天幾乎聽不見人聲。穿過廣闊的馬路，對面就是韓國街，白天固然也有人經過，但馬路這邊即使是夏天也要等到太陽完全下山才會熱鬧起來。所以現在只聽見引擎聲轟然作響的車子逐漸靠近，然後又裝模作樣地遠離的噪音。刺青在母親的掌心下隱隱作痛。

穿著印花睡衣的母親靠近到身體幾乎要貼在我背後的距離說：「總覺得還有很多事可以教妳。」彷彿只要稍稍動一下手，我就會把瘦得不成人形的母親撞飛。我放下黃色的菜瓜布，用左手抓住滿是泡沫的碗好一會兒。水從只稍微擰開一點兒的水龍頭滴滴答答地流下，敲打著銀色的老舊水槽，發出令人心煩意亂的雜音。

「可惜沒有時間了。真的沒有時間了。明明還有很多事應該告訴妳。」

我從鼻孔裡冷哼一聲，權充回答，靜止幾秒鐘，然後又慢條斯理地開始動手，把碗拿到水龍頭下方，沖掉洗碗精。母親生下我至今已經過了二十五年以上，明明其中有十七年的時間我們都孤兒寡母地住在同一個房間裡，母親卻說她沒有足夠的時間可以教我什麼，而且還是從穿著黃色印花睡衣的體內說出這句話，更令我火冒三丈。不過話說回來，在我的身體完全歸我自己管以前，母親或許真的不覺得有必要對我說些什麼。母親沒有結婚。即使我從母親的皮膚內側移動到外側，至少在我能自己抓東西吃以前，我的身體完全是她的一部分。

或許是站得累了，母親不知不覺間正慢慢地移往被褥的方向，我這才轉過去面對她。為了上廁所、吃飯方便，我一直把被褥鋪在房間中央，悶熱的陽光從髒兮兮的蕾絲窗簾灑落在被褥上，等待穿著俗豔睡衣的母親搖搖晃晃地踱回去。跟母親在一起，總顯得我才是異類。明明在同一個房間裡，但面向走廊，只有一扇毛玻璃窗戶的廚房即使白天也要開燈，否則就會很暗。我從黑暗中目送瘦到即使隔著睡衣也能看見骨頭位置的母親走遠。

被母親撫摸的兩條手臂還殘留著母親的溫度。刺青底下的皮膚有著又紅又白、被火紋身的變色傷痕。如今氣若游絲地在我房裡踱來踱去、過去美麗豐盈的秀髮只剩下不到一半的女人，以前灼傷過我的肌膚。

當天傍晚，我就叫計程車送無法呼吸、陷入狂亂狀態的母親去醫院。之後的兩個禮拜，我每天都在差不多的時間去醫院看她。只要是事先登記的家人，深夜或清晨都能進出病房，所以我每晚都能陪在母親身邊，直到她睡著。但我不想直接從醫院回自己住的地方，所以早上和中午都待在醫院，下午看看時間差不多了才離開醫院，先上街打發時間，如果晚上有心工作，就去酒店上班。然後趁著轉動鑰匙的聲音還迴盪在耳裡的時候把身體塞進門內，回到只剩下自己一個人的房間，看到早上出門前匆匆吃剩的麵包邊還擱在矮桌上。雖然沒有印象，但肯定是我放的，除此之外沒有別的可能。

兩週後，連遺落的東西和頭髮都找不到了，只剩下我獨自生活的痕跡。前三天還以為母親做完治療就會回來，原封不動地把鋪好的被褥留在矮桌旁。到了第三天，我確定母親再也不會回來了，將被單丟進洗衣機，把被子收進塑膠衣櫃，再把桌子移回原位。說穿了，我只是把剛搬來這裡，生活開始上軌道的時候，心想可以讓朋友來過夜而買的簡易床組拿出來給母親使用。朋友只用過三次左右，床組過去兩年都收在櫃子裡。

把麵包邊丟進放在廚房角落附有蓋子的垃圾桶，我脫下牛仔外套，掛到衣架上，進浴室洗手。洗手乳的瓶身描繪著標準的閤家歡圖案。從前幾天就不只一次發現洗手乳快沒了，卻一直忘了補貨。但也提不起勁只為了買洗手乳特地跑去二十四小時營業的藥妝店。反正明天也會在醫院待到中午，用力按應該還能按出一、兩滴。好不容易回到比醫院或街上更貼近現實的房間，實在不想再出門了。打溼雙手，按下壓頭，沒想到結結實實地按出一大坨洗手乳，仔細地洗了手，用早上淋浴時用過的浴巾擦乾，坐在原本鋪著母親的被褥、現在放回原地的矮桌前。有一瞬間想過要不要吃安眠藥，但不知是生理期快來了，還是睡眠不足，又或者是之前喝的燒酒還留在胃裡，感覺應該能直接睡著，所以就不吃了。

桌上從上週就放著用來裝打小鋼珠換獎品的紙箱，直接拿空罐代替的菸灰缸也換上新的，所以桌上的景觀與夏天略有不同。母親住在這裡的期間，我都盡量走到室外，至少也在抽油煙機底下抽菸。原想藉此戒菸，第一天就把菸灰缸丟了，結果還不到三個小時，我滿腦子都是香菸、香菸、香菸。母親好像發病前就戒菸了。這麼說來，我連母親什麼時候戒的菸也不記得。拉過菸灰缸，為了想聽一些雜音，我打開電視，套上襪子。舊大樓裡的房間連空氣都是冷的。陽光直到兩週前都還有如夏天般熾熱，如今太陽一下山，房裡的地板就冷到無法下腳。電視傳來熟悉的搞笑藝人說話聲，大驚小怪的反應聽起來很悅耳，所以就停在這個頻道，躺在堆在地毯上的衣物上。想打開電暖器，但即使把電暖器的電線拉長到極限也無法將電暖器拖到桌邊，必須站起來往廚房走幾步才能碰到。我已經脫掉外套，剩下薄薄的上衣，只好從壓在身體底下的衣物中撈出看起來比較暖和的衣服，把身體包起來。明明在酒店已經抽太多菸，抽得喉嚨好痛，卻還是直接躺在地上，拿出塞在屁股口袋的香菸，叼在嘴裡。問題是找不到打火機。在一整天提著走來走去的皮包裡找了半天，依舊遍尋不得。

試圖依序回想起今天出門後吃了什麼，但記憶所及，只有一走到大馬路上，立刻在馬路對面買的咖啡。每次喝酒，喝醉時都想不起喝醉前做了什麼。但酒醒後又想不起喝醉時的事。這種情況不是最近才發生，自從十七歲離開家門，開始以喝酒討生活之後就一直是這樣。

每天有一半的時間活在模糊的記憶裡，另一半則活在幾乎已經消失的記憶裡。有時候也會閃過非現實、分不清是妄想還是幻覺的記憶，但凡希望是妄想的記憶必定是現實，令我恆常陷於微小的絕望中。

我猜凌晨一點左右，去年辭掉陪酒的工作、大我十歲左右的朋友在位於紅燈區一隅，音響很糟糕的卡拉OK裡點了中菜館的外賣來吃的記憶大概是真的。我們點的應該是炒苦瓜，因為這是就算只點一盤也肯外送，而且不介意外送地點是夜總會還是賓館的那家餐廳唯一好吃的菜色。

要是能就這樣睡著就好了。已經好幾天沒拉開蕾絲窗簾和殺風景的遮光窗簾，行動電話一直連著桌上的充電器，連移動到旁邊比較冷的房間裡唯一一張床上的力氣都沒有。昨天也同樣睡在堆成小山的衣物上。桌上有一本出自美國人之手、不知道在寫什麼的推理小說，只看了譯者寫的後記，就把長方形的書籤夾在前後不著邊的地方。把書拿到地板上，翻到夾著書籤的地方，酒精戒斷症候群的字眼映入眼簾，令我更想睡了。

這時，手機突然閃著光，不到一秒鐘就開始在便宜的矮桌上震動起來，發出詭異的聲響。躺著將手機舉到勉強可以目視的角度，是朋友傳來的訊息。內心掠過不祥的預感，把頭擺正，胃裡的內容物彷彿要逆流而上，感覺非常不舒服。

我拉扯手機的充電線，讓手機掉在地毯上，點開訊息。撞進眼底的是「告別式」這個怵目驚心的字眼，但並不是大限將至的母親的告別式。而是在盛夏中舉行的寒涼告別式。

今年夏天，我失去兩個朋友。一個早在五年前結婚生子，卻選擇與男人私奔，從此失去音訊。我們是國中同學，是她不離不棄地與成天在這一帶鬼混的我保持聯繫。假如這座城市及這個房間是我的出口，與她若有似無的聯繫或許就是所謂的羈絆。正確地說，我是在她消失以後才這麼想。以前雖然頻繁地傳訊息，但實際見面的次數並不多，通常是她約我三次，我才勉強跟她吃一次午飯，我們的交情差不多只有這樣。當她主動傳訊息給我，說她有了喜歡的人，當時她還很開朗。身為家庭主婦，她似乎很享受這種無傷大雅的約會。我心想這也無妨。當她越來越鑽牛角尖，開始去惠比壽算命時，我的感想依舊是這沒什麼好大驚小怪的。我不清楚她的愛情、算命、與男人私奔是多麼常見的事，還是多麼稀罕的事。只是從某一天開始，她不再回訊息給我，過了一段時間，我也不敢再傳訊息給她。我只見過她老公一次，她老公打電話給我，我這才知道她本來就經常無故晚歸，有一天突然再也不回家了。剩下孩子跟她老公一起住。她老公問我知不知道她的下落，我說我也不知道。

另一個朋友是從大阪的租屋處跳樓自殺。我在告別式親眼確認過她的屍體，所以至少知道她去了哪裡。

她是個動不動把死掛在嘴邊的女子，朋友們早已習慣她時不時冒出一句心情不好、發生了傷心事、很想見你之類的同義詞。打從三年前，某個客人帶她來我上班的店喝酒，我就看出她厭世的那一面了。

「這位是惠理。跟妳的名字只差一個字。」

把那個女生介紹給我的客人接著說：「反正這都不是妳們的本名吧。」一說完還笑了，但我和她都用本名工作。那位客人很喜歡廣邀自己中意的女人一起吃飯，多的時候多達五、六人。想當然耳，所有人跟那個客人的性行為都是建立在金錢交易上，所以聚餐時有人會勾引那個客人，也有人想證明自己跟其他人不一樣。至於想向誰證明就不得而知了，我猜大概是想證明給自己看吧。可惜我們都一樣，沒有絲毫差別，所以這種性格的女人恐怕要失望了。世上確實有人比較有價值，有人比較沒價值，但是聚在這裡的我們同是天涯淪落人，恐怕都屬於比較沒價值的一方。後來選擇自我了斷的女子對此顯然沒有任何不滿，和我還有另一個女人在這點達成共識，與那個客人緣盡情斷後，我們三人仍繼續保持聯絡。

傳訊息通知我的就是上述三人組的另一名倖存者，在泡泡浴林立的風化區以賣春換取暴利。她上班的店很高級，除了要長得好看，而且還得皮膚白皙，沒有傷痕或刺青，深色頭髮，上圍至少Ｄ罩杯以上的人才有機會錄取。

——我忘了告別式上說的是哪家店，所以寄了兩間給妳參考。上面那家是惠理以前待過的店。上面那家比較大，但同時也有很多不好的風評。聽說分三個等級。下面那家的客層及女孩子的品質都比較高，但我很好奇生意能有多好。

告別式在死者的故鄉舉行，雖然都在東京都內，但恐怕是不容易前往的地點。得先坐好一會兒的電車再換公車。車站前沒有計程車。我大概從小學遠足以來就沒有再坐過公車了，幸好跟電車共用一張交通卡。這是唯一的救贖，除此之外，整趟旅程都很不愉快。因為太不愉快了，回程的公車上還導致朋友以為我對ＳＭ的店有興趣。我幾乎忘得一乾二淨了，她可能也忘了。以高級泡泡浴的從業人員應有的知性，在簡潔的訊息最後附上兩個網址。

——我晚點再仔細看。不曉得惠理是哪個等級。

我仰躺在地板上，將連著充電線的手機舉到臉的正上方，用單手回信給對方。按下傳送鍵的同時，我才想到應該先輸入「謝謝」，但畫面顯示「已傳送」。足以證明我其實並不感謝她。

因為一直舉著連著不夠長的充電線的手機，兩條手臂外側既痠又痛。酒店的薪水因人而異，但除了最初的幾個月以外，基本上都是以營業額及出勤的次數來計算時薪，所以我對脫光光賺錢的店要怎麼決定等級一無所知。一面思考惠理在職場上有多少價值，摸了摸痠痛的兩條手臂外側。為了完全遮住被火紋身的傷痕，我從手臂到背後刺了兩朵碩大的百合與一條蛇。有人問我為什麼選擇百合，除了刺牡丹可能會讓人聯想到黑道以外，其實沒什麼特別的理由。小時候，母親會買打折的鮮花，也曾為幾個盆栽澆水，但我不記得家裡插過百合花。

我坐起來，把手機放在桌上，走向廚房。流理臺後面的毛玻璃窗框上有幾個打火機，我拿起其中一個，點燃香菸。剛才在找打火機的時候一直把菸啣在嘴裡，所以與嘴唇接觸的部分已然溼軟。即使是自己的唾液，一旦分泌到皮膚之外，也彷彿變成不乾淨的東西，令人不快。百無聊賴地打開冰箱，裡頭只有雜牌的罐裝酒，正要看冰箱裡還有什麼東西的時候，桌上的手機又響了起來，所以我什麼都沒拿，再度回到原位。

——不太確定這家店的門面屬於什麼水準，但應該不高吧。畢竟她不只傷痕累累，瘦得有點不成人形，還裝了假牙，表情也很陰沉。可聽說有些玩SM的人專找低等的女孩子不只是因為金錢上的理由喔。

——這麼說來，她確實裝了假牙呢。聽說SM有很多客人都是醫生或律師，那些客人都很有錢吧。

我們接二連三地傳了一些訊息，思緒一時飄到假牙火化以後會變成什麼樣子，但我連真牙火化以後會變成什麼樣子都不知道。

我們三個開始經常見面後不久，就在朋友的酒吧喝到凌晨四點半。惠理的酒量並不差，但也不知是身體不舒服，還是單純喝多了，最後在廁所大吐特吐。那家酒吧很小，廁所就在吧檯座位後面，所以下半場幾乎被惠理包下了，不管是嘔吐的聲音，還是嘔吐物掉進馬桶、落入水中的聲音都聽得一清二楚。但誰也沒放在心上，直到她吐得差不多了，才從廁所裡傳來「抱歉，誰來救我一下」的呼救聲，我們大聲地回問「怎麼啦？」，門開了，惠理說著「掉了」，張開嘴巴，嘴裡原本該有的東西不見了，形成黑黝黝的陰影。上排的門牙明顯少了四顆，甚至更多。這座城市有太多人都失去原本該有的東西，但眼前的畫面還是太出其不意，包括吧檯內的朋友在內，狠狠戳中大家的笑穴，所有人都笑得停不下來。我猜最後應該是開酒吧的朋友用免洗筷救回她的假牙。

當時，惠理每週去都內的ＳＭ應召站上班四天，比現在開朗得多。養了一隻小型犬，一個人住在離我的住處不遠，硬要說的話比較靠近同志村的地方。我曾經和從事泡泡浴的友人去她家玩過，空間很小是一回事，偏偏有很多雜物，還帶點兒狗臭味。最晚到的我剛從酒店下班，在扛得動的範圍內從同志村中央的便利商店買了一大堆冰結、淡麗（註1）和水過去，已經先開喝的泡泡浴友人也買了魷魚絲和便宜的燒酒過去，結果大半夜還出去補了兩次貨。第二次出去補貨的時候，進便利商店前先在同志村的路上抽菸，當時天色已經露出魚肚白了。

對了，我想起來了，惠理好像不抽菸。這也是我們只在惠理家喝過一次酒的原因。我倒是去過好幾次泡泡浴友人和男人同居的住處。他們家很大，位於順著紅燈區往東走的地方，可

註1　麒麟冰結調酒、淡麗啤酒。

以抽菸。目前她一個人住在同樣的地方。

——惠理家的狗怎麼辦？

抽完兩根菸，我依舊抓不準為這串訊息劃下句點的時機，儘管沒有多大興趣，我仍問起小型犬的下落。

——我記得她開始去外地賺錢以後好像就沒養了。是不是送給朋友了？

——她有朋友可以送養嗎？該不會死了吧？說不定是狗死了，她才開始做有保證底薪的到府應召。

——我想起來了。應該是那個牛郎接手了。

比我大一歲的惠理大概十幾歲就離開那個儘管同樣在東

京都內、但交通非常不方便的故鄉，來這附近居住、工作，大約一年前開始不去都內的店上班，改以十天、兩週等一定的期間從事有保證底薪的到府應召工作。起初每次回來的時候都會跟我聯絡，後來慢慢斷了音訊。偶爾會在出去賺錢的時候傳來「想死啊」、「我要去死」的訊息，但我們已經太習慣她這麼說了。最後的兩個月左右，她曾經去外賣過一次的大阪應召站看上她，請她留下來工作，還幫她租了一個週租套房。這邊的房子也沒有退租，可見她賺的錢足以支付兩邊的房租。

我也認識那個惠理口中為她出謀劃策的牛郎。兩人大概沒有肉體關係，惠理也說她沒把對方當男人喜歡。雖然會定期去店裡給他捧場，就我所知應該是還在常識範圍內的捧場，頂多只是付出基本的酒錢和座位費、指名費，讓對方聽自己抱怨，僅此而已。這一帶的女人基本上都有過光顧牛郎店的經驗，這種玩法算是非常儉樸了。

——她並沒有倒貼那個牛郎吧。為什麼要改做到府服務的應召呢？她在這裡的時候還比較有精神。

——惠理倒貼的對象另有其人喔。但並非一直都是同一個人，而是動不動就墜入愛河，過一段時間就會換人。我也不清楚她為什麼要改做到府服務的應召。可能是這邊的店留不住客人，或是這附近有什麼她不想碰到的人。聽說最近投入這行的

女生越來越多，也可能只是剛好被相中就開始上班了。

——如果是在這裡，像那天那樣收到她說馬上要去死的訊息，我們就能阻止她了。

——事到如今再說這些都已經無濟於事了。以前也收到過類似的訊息，頂多只是打電話問她「要不要去喝酒？」，但我從未當真過喔。因為她也不是真正想要尋死。不管是客人，還是女人，一天到晚嚷嚷著想死的傢伙要多少有多少。其中只有百分之幾，甚至不到百分之幾的人真的死了，機率比中樂透還低，所以無從分辨真假。話說回來，我認為她在輸入那則訊息的時候是不是認真的都很難說。

泡泡浴的女人傳來的長文幾乎無懈可擊，就好像我已經問過無數次這個問題，她也回答過無數次了，語氣甚至有些無奈，但這其實是我們第一次具體討論惠理死的那天傳來的訊息。

我從未想過還能為她做什麼。惠理自己都不想活了，我有什麼能力為她找到值得繼續活下去的理由。

拉開到一半的窗簾後面，點點紅光在漆黑的夜空中閃爍，大概是警車或救護車，再不然就是直升機的燈光，不是什麼特別的事。

隔天、再隔天、再下一週的隔天，我都聽著鉸鏈的傾軋聲和鑰匙在鑰匙孔裡轉動的聲音回家。至少在我耳中，兩種聲音的間隔形成了規律的節奏。所以當我一度打開三樓的門，想起再不買洗手乳和一直忘記買的香菸不行了，不得不折返，去藥房和香菸攤的途中，整段路都心不在焉。

醫生要我從今天起，除了無論如何都去不了的情況以外，母親醒著的時候最好都能待在醫院陪她，所以我辭去了酒店的工作。

本來辭職應該要在一個月前通知酒店，但我已經很少與客人保持密切聯絡，反而是當天才請假或遲到的情況變得極端頻繁。套用一句店經理對我的形容「沒想到妳這麼講道義」，這個業界多的是不說一聲就「跑掉」的從業人員，所以在這個時候顯得特別乾脆。開店前我向經理說明母親住院、要辭職的事，不用等到發薪日，經理就支付了聊剩於無的薪水。上班時，如果收入不到一萬圓，只要在收據上簽名，當天就能領到薪水。我在相同的收據上寫下名字時，十分確定經理並不相信母親生病的事。畢竟這個理由用來當請假或遲到的藉口已經用到爛了，這時加油添醋地撒點兒小謊，聽起來反而更有真實性。像是去年春天在父親的腸子裡發現惡性腫瘤，開刀切除後暫時恢復健康，可是又復發了，只好改用抗癌藥物繼續治療，這次換母親因為照顧父親而病倒了……之類的。事實上是母親病得快死了，除此之外沒有任何具有現實感的訊息，自然也沒什麼好說的。回想自己剛才的說明，只覺得異常空泛。但不管他信也好，不信也罷，我還是很感謝他沒有追究，直接付錢給我。我在這座城市待了很長的時間，擁有過很多的客人，所以時薪很高，所以就算因為請假或遲到被罰了很多錢，一個月還是能領到相當可觀的金額。

剛好有認識的客人來捧場，所以我一直工作到可以提早下班的時間才開始整理置物櫃，跟店裡要了一個紙袋裝店內用的小化妝包和禮服、鞋子回家。把在二十四小時營業的藥房買的洗手乳和絲襪、提神飲料、假睫毛膠裝進紙袋，再把香菸放入手提包，重新爬到三樓。紙袋是高雅花店的紙袋，那種店絕不會開在這一帶，手提包則是以前某個同時也是馬主的大老闆，帶我進場時買給我的FENDI名牌包。那位聲稱只要是FENDI的產品，不管什麼都可以買給我的客人有次告訴我他得了胃潰瘍，從此以後就再也沒有來光顧過了。我猜大概是在同一條街道的別家店，或其他紅燈區更高級的店看上別的陪酒小姐，但我沒表現出懷疑的態度。

用身體的重量抵住門板，門板如我所願地發出我想聽見的聲音，我迅速地將已經拿在手裡的鑰匙插進鑰匙孔旋轉，確定鑰匙孔也發出我想聽見的聲音後，把身體滑進門的內側。眼看塞滿太多東西、早已變形的紙袋就要卡在門縫裡，我迅速地利用離心力，免除門縫夾住紙袋的危機。將鑰匙扔進 FENDI 名牌包裡，再把 FENDI 扔進紙袋裡，最後再把紙袋滑進房間裡。雙腳掙脫鞋子的綁帶束縛，拎起洗手乳和睫毛膠走向洗臉臺，將已經空空如也、描繪著闔家歡圖案的洗手乳空瓶丟進腳邊的塑膠袋，撕掉描繪著浣熊圖案的新洗手乳封膜，扭開水龍頭，按了好幾下壓頭，按到第四下的手感明顯不同，第五下的時候掌心裡多了大量的泡沫。今天早上沒有淋浴，所以找不到可以用的浴巾，只好甩掉手上的水，連同包裝把睫毛膠放進洗手槽底下的櫃子裡。不用去上班的話，不曉得下次什麼時候才會再黏上假睫毛。上次買的睫毛膠大概還能再用五次左右。

好想放一缸熱水泡澡，但母親離開後，一次也沒用過的浴缸髒得不得了，不是隨便刷刷就能刷乾淨的程度。結果我不得不放棄泡澡，把蓮蓬頭轉到最大，讓熱水傾瀉而下，站在浴缸裡洗頭、洗澡。上週進入一個新的月份，天氣突然變冷。熱水打在背上，趁臉沾溼前先卸妝，仰起塗滿卸妝油的臉，轉身讓熱水淋在身體正面。臉上滑滑的卸妝油碰到水的瞬間就消失不見，抓住最後一刻流向肩膀和兩條手臂，任其打溼用來遮住刺青的貼布，再慢慢地撕下。不喜歡殘膠留在皮膚上的感覺，這是我幾年前想出來的方法，就這麼沿用至今。再撕下手腕及從小腿延伸到腳踝的貼布，把邊緣黏著些許灰塵及毛髮的貼布揉成一團，放在髒兮兮的浴缸邊緣。上次也這麼處置的貼布還放在同樣的地方，吸飽了水氣，又開始帶著少許生機。剩下的刺青都在可以用禮服遮住的位置，所以就沒有貼貼布。

店裡有刺青的小姐不只我一個，範圍最大、整個背都刺滿了傳統圖案的女生不圍上絲巾就不能出現在店裡，我和其他人則聰明地用貼布把刺青藏起來。我買了一堆貼布放在置物櫃，要是有人忘了貼，我會拿出來借她。以前每天上班時，貼布消耗的速度遠遠超乎我的想像。如今櫃子裡還剩下一捲全新的貼布，我直接送給向我借過好幾次的年輕女孩。

「我很喜歡這兩條手臂後面的刺青。」

或許是為了省下做頭髮的錢，自己隨便用電棒捲了一下短髮就來上班的年輕女孩，輕輕地指著我兩條手臂為了蓋過被火紋身的傷痕、刺上我其實不怎麼喜歡的圖案說，並將貼布丟進自己的置物櫃。她手腕內側到肘關節刺著細細長長的彼岸花，習慣以纏繞整條手臂的方式貼上貼布，因此以刺青的大小來說，貼布的用量有點太多了。

「我其實比較喜歡用細線描繪的圖案，就像妳的花。可是這麼一來就遮不住被火紋身的烙印了。」

彼岸花受到稱讚，女孩難掩臉上的喜悅。又不是她自己刻的，大概也不是她設計的圖案，但我覺得她的刺青很美也是事實，甚至還想過要不要在脊椎骨附近也刺上類似的圖案。被母親燒傷的部位只有兩條手臂和肩膀。原本以為疤痕遲早會消失，沒想到色素逐漸沉澱，中間變成白色，反而很詭異，所以我一滿十八歲就馬上跑去刺青，以遮住傷痕。當時我已經沒有跟母親一起生活了，從後來見面時母親的反應來看，她似乎不討厭我的刺青。

腰部正上方的荷花、小腿的羅盤等等，兩條手臂和肩膀以外的刺青都是單純喜歡圖案，心血來潮加上去的。既然都要辭職不幹了，我可能真的會再刺上彼岸花也說不定。不管怎樣，只要刺上第一個，以後不管增加多少，身體的價值都不會再改變了。

用手撫摸，檢查撕下貼布的地方沒有殘膠後，關掉水龍頭，體溫一口氣下降。

推開浴室的門，從洗衣機上方的櫃子裡拖出已經洗好的浴巾，迅速地擦乾身體。如果不在還帶點兒溼氣的狀態下塗滿嬰兒油，兩條手臂內側就會發癢、收縮。已經無法判斷是因為燒傷的緣故，還是因為刺青的關係。仔細塗滿兩條手臂後，為了保溼再把嬰兒油推到全身。

這一連串行雲流水的動作是從什麼時候開始的，已經久到不可考了，每次淋浴時都會機械化地重複這個過程，所以就算在想別的事、就算屋子裡沒開燈、就算喪失記憶變成廢人，大概也能完美執行。不過，沖完熱水澡的身體很快就冷了，唯有臉上的燥熱遲遲不消退，我這才發現自己醉得比想像中厲害。但我喝的酒明明比在店裡工作到最後一刻，或是打烊後和女性友人去唱卡拉ＯＫ的時候還少。

我頂多只有上班時喝完氣泡酒或葡萄酒，繼續車輪戰似地猛灌烈酒或便宜的燒酒到天亮才會喝得爛醉，所以大概是太久沒去牛郎店，被牛郎店的氣味搞暈了。

偶然遇到的客人離開後，我在可以早退的時間前就逕自脫掉禮服，換上穿來的牛仔褲，去泡泡浴的女人說接收了惠理的狗的牛郎上班的店喝了一小時的酒。

惠理還住在這座城市的時候，曾經要我陪她去，所以我去過一次，但怎麼也想不起來當時另一個比較年輕、告訴我聯絡方式的牛郎叫什麼名字，結果還是指名了惠理指名的牛郎。感覺對前者很不好意思，因為陪惠理去過那次後，年輕的牛郎一直傳訊息、打電話給我，幸好那天也不是場內指名（註2）或本

註2 假設入場時沒有特別指名，牛郎會定時輪替，如果看上剛好輪替過來的牛郎，想要他繼續留下來坐檯的指名就稱為場內指名。

指名（註3），只是剛好選中那個男人送自己到電梯前，所以應該沒有違反規則。可是一坐下，看到那名年輕牛郎在店內走動的身影，我就想起他叫什麼名字，可惜為時已晚。

「啊，妳是惠理的朋友。」

我指名的牛郎邁著大步走來，在我的座位前停下腳步說道。他的個子很矮，頭髮很短，還戴著眼鏡，外表以牛郎來說

註3　如果已經有屬意的牛郎，專門點他坐檯的指名稱之為本指名。根據日本的酒店文化，每次進店消費必須指定一名牛郎或小姐坐檯，一旦第二次進場指定同一名牛郎或小姐即為「本指名」，從此以後就不能再指定其他牛郎或小姐坐檯。

應該不太受歡迎，但年過三十還能待在這座城市的老字號牛郎店，想必指名他坐檯的客人還不少吧。

「好久不見。」

「妳去了告別式嗎？呃，妳點了什麼？」

「我去了告別式。我還沒點東西。」

男人遞給我桌上的菜單，感謝我指名他坐檯。我坐在L型沙發上，如果惠理指名過的牛郎坐在我旁邊，我會感到很不自在，所幸他在我放下花店紙袋和手提包的那邊坐下，令我鬆了一口氣。第一次指名都會附上小瓶的燒酒，所以我點了用來兌酒的茉莉花茶，儘管不想抽菸，仍為自己點了一根菸。不管是為客人點菸，還是讓人為我點菸，都令我坐立難安。

「妳上班的地方就在隔著區公所的馬路對面吧？今天是下班後過來嗎？」

牛郎也為自己點了一根菸，從堆在桌上的菸灰缸小山裡拿了兩個擺在我面前，一個擺在自己面前。個子不高，但手還挺大的，沒有多餘的戒指或手環，指甲很乾淨，以牛郎戴的手錶來說，他的錶很有品味。我下班後經常陪男性客人吃宵夜，很少光顧由牛郎提供服務的店。大約從三年前，偶爾會去固定的店，但已經很久不曾一個人光顧牛郎店了，視線不知道該擺在哪裡才好，只能盯著桌面。

「嗯，你的記性好好啊。今天是我最後一天上班。」

「怎麼會？換跑道嗎？還是要搬家？啊，如果是結婚，那就恭喜妳了。還是跟老闆吵架？換工作？考取證照？回故鄉？賺夠了錢要移民國外？以歌手身分從索尼唱片出道？」

「其實是我母親生病了，我想陪在她身邊。」

「這個理由妳說過幾次了？我進這家店八年來，奶奶已經死了五次。」

有個長得很不起眼、分不清是菜鳥還是工作人員的男人送上冰桶和茶。牛郎俐落地調了一杯兌茉莉花茶的燒酒，看得出來他是一個不會多問，只讓客人暢所欲言，另一方面話題也很豐富，不會讓人覺得危險或不愉快的牛郎。但女人通常不太容易從這種男人身上感受到男性魅力，所以惠理說她沒把他當男人看待或許是實話。打烊前的店內鬧哄哄的，有個年輕女客正抓著麥克風不曉得在鬼吼鬼叫什麼，後來我們又聊了幾個無關痛癢的話題，一旦背景音吵到就算彼此相對無語也不尷尬的時候就保持沉默。

音樂震耳欲聾，每次有人用麥克風說話時，店內都會一口氣沸騰起來，這時我與牛郎間的距離必然會縮短，嘈雜的音樂一旦停歇，縮短的距離又會自然而然地恢復原狀。我很滿意這種伸縮自如的距離感。手提包還隔在牛郎和我之間，紙袋曾幾何時移動到牛郎的對側。他經常起身離席，但不會離開太久。我盡量不要在店裡東張西望，專注地盯著眼前的桌子。店內吵吵嚷嚷，牛郎一下子送客人離開，一下子又忙著做最後點餐的服務，所以我不確定是否還有其他指名他坐檯的客人。或許他只是在體貼剛失去友人的我。

「狗。」

發出聲音的瞬間，別張桌子打扮得花枝招展的牛郎配合音樂開始唱歌，坐在我旁邊的牛郎再次把臉和耳朵湊過來。他只有一個耳洞，不知是否又合起來了，沒有戴耳環。

要長篇大論地說清楚實在太麻煩了，但也不能對牛郎轉向我的耳朵視若無睹，我一字一句以近乎吶喊的音量說：「惠理的狗！」

牛郎的視線依舊望著前方，用力點頭，表示聽見我在說什麼，然後整個人轉過來，把臉湊到我耳邊，手則伸向沙發的靠背邊緣，不是搭上我的肩，而是停在離我肩膀只有一寸之遙的地方說：「在我那邊，我在養。」

單薄的手提包還卡在腰部的位置，所以幾乎沒有碰到我的身體，只有大拇指外側稍微碰到我兩條手臂後面。

宛如在向上天祈求的花俏牛郎終於把歌唱完了，曲子進入間奏，牛郎把臉轉回原來的方向，擱在椅背上的手也稍微改變角度，將手肘彎曲成ㄑ字形，繼續放在後面。隨著牛郎的手離開我兩條手臂，被火紋身的位置一陣痠麻。

「我就知道。」

「那隻狗很可愛喔。性格很開朗。跟惠理可以說是天差地別。」

我笑了。我只見過一次惠理的狗，但我沒養過狗，所以無從比較，我記得那隻狗伸出薄薄的舌頭，喘著大氣，對我投以若有所求的目光時，性格確實很開朗。我與惠理度過一段不算短的時光，也聊過天、講過電話，但記憶中的狗比記憶中的惠理更色彩繽紛，真不可思議。

「妳想養嗎？可是牠已經是我們家的一分子了，不能給妳喔。妳要來看嗎？」

「我不想養，而且我家也不能養。」

下意識地不想回答要不要去看，感覺反而讓這個輕鬆又自然的問題變得具有沉重的意義。儘管如此，不愧是年過三十的資深牛郎，只用一句「妳想看的時候再打電話給我，不想喝酒也沒關係」，然後打開手機，以交換電話號碼的動作結束這一回合。

「其實想死也沒關係，但至少選在我能馬上趕到的地方吧。別跑去大阪那種地方。」

「最遠不要超過池袋嗎？」

「差不多，只要是山手線內都還來得及。」

「惠理曾經告訴過我她現在要去死喔，真的死掉那天也聯絡過我。」

「是喔，不過畢竟是放羊的孩子。這也沒辦法。」

間奏結束，好不容易安靜一會兒的花俏牛郎又開始扯著破鑼嗓子高歌，我很慶幸自己不用再接話。感覺「說得也是」或「可是」或「你也聽她這麼說過嗎」都離我現在的心情十萬八千里遠，我只想保持沉默。牛郎也就此沉默下來。

算準花俏牛郎總算放下麥克風的空檔，店家送上找我的零錢，我毫不猶豫地起身，拿起手提包，正想再拿起放在牛郎對面的紙袋時，牛郎搶先一步拿起紙袋，再搶過我的手提包說：

「也讓我做點兒事嘛。我想工作。」

他視線掃過店內的每一個角落，沒跟任何人交會，帶著我走到店外，甚至隨我走進電梯裡。我想走路回家，但是從電梯走到馬路上的區區三級臺階就讓我發現腳有些浮腫，呼吸也有些急促，所以決定乖乖搭計程車回家。牛郎問我住在什麼地方，我回答「直走再左轉就是了」。最近街上的店鋪對打烊時間要求得特別嚴格，所以這時間很難攔到計程車，但是行色匆匆地在樓下走來走去的年輕牛郎不一會，就不曉得從哪裡幫我叫到計程車。給牛郎錢也很奇怪，反正這裡到我家幾乎不用跳表，給了足夠的車資後，我乖乖地坐進計程車。彎腰上車時，牛郎對我說「路上小心」，輕輕地把手放在我背後，我想這是牛郎今天唯一一次真的碰到我的瞬間。

　明明是因為走不動才坐計程車，結果好不容易爬上三樓，又跑去藥房和香菸攤買東西，幾乎走了跟直接從牛郎俱樂部回家差不多的距離。坐在鏡子前面，用化妝水安撫燥熱的臉時，一心只想倒向背後的地板。房裡的溫度很低，裹著毛巾的身體一下子就冷到骨子裡。不知不覺間，堆成一座小山的衣服裡，有些款式已經開始不太符合現在的季節。無論待在哪裡都沒有真實感。牛郎俱樂部也好，母親的病房也罷，我四周的風景與自己之間總是隔著鴻溝。就連我自己住的房間對我而言也不真實，但只要門和鑰匙的聲音順利響起，就能給我少許的安全感。

除了去探望母親以外，這一週沒有什麼非做不可的事，時間卻過得很快，我仍仰賴門與鑰匙的聲響構成的微妙節奏返家。頭兩天，我直接從醫院回家，或許是身體還不夠累，夜不成眠，所以從第三天開始，我不直接回家，決定先去哪裡晃晃。在比較早開門做生意的酒吧，或紅燈區裡有線上賭場的商業大樓打發時間。就這樣過了一週，我下定決心，今天無論如何都要直接從病房回家，已經搭計程車回到自己的住處了，卻又覺得至少該買點兒什麼東西再回家，往後一步，轉身要往後巷去時，從坐在計程車上就緊握在手中的鑰匙不小心掉在混凝土的地面上。

蹲下來撿鑰匙時，我蹲在地上想了一下，改變心意，直接繞到建築物後面，推開停車場後面厚重的門，一口氣從門旁邊的內梯爬到三樓。平常我不會這樣爬樓梯。因為我討厭爬得上氣不接下氣，萬一喝了酒還會想吐。不過今天我從早到晚滴酒未沾，也沒有吃安眠藥或任何藥。一口氣爬到三樓，我靠著三樓的門板，使勁地用體重推開，門板果然發出嘶啞的傾軋聲。然而，正在勢頭上的身體沒等到平常的節奏就把手中的鑰匙插入鑰匙孔旋轉，兩種聲響的韻律明顯亂了方寸，我幾乎是整個人倒進門內。反手鎖門，暫時把手中的鑰匙放在鞋櫃上，手提包放在腳邊，彎下腰來脫鞋。

探病不需要帶太多東西。所以我選了一個體積不大，平常只裝口紅、手機、錢包和鑰匙，商標不明顯，拎去醫院也不會引人注意的皮包，因為容量太小，一不小心裡面的東西就會掉出來。所以出門時，我把要給母親用的化妝品裝進紙袋，再把錢包、手機、鑰匙和非常迷你的化妝包塞進皮包裡。即使沒化什麼妝，如果完全不帶補妝的用具還是會感到不安。

早上十點抵達病房，母親已經起床了，眼底浮現出服過止痛麻藥的患者特有的迷茫，病床的靠背升起到三十度左右，望著窗外。我從紙袋拿出化妝棉和便宜的化妝水，放在床邊的冰箱上，一言不發地在折疊式的椅子坐下，與母親望著同一個方向。除了不時講些語焉不詳的話，要我改變床的角度或為自己的手機充電外，母親什麼也沒說。到了午餐時間，只見她手裡拿著碗筷，但其實什麼也沒吃，我則吃了一半抵達醫院時、在一樓便利商店買的冬粉沙拉。想吃完的話大概也能全部吃完，可是看到醫院令人倒足胃口的伙食，頓時食欲全失。比起母親瘦到極限的手臂，我的手臂看起來很粗。

止痛藥生效後，母親不再像以像那樣拚命喊痛，但呼吸似乎因此變得困難。我無法判斷她這麼費力呼吸是為了表達痛苦而刻意為之，還是只能發出這種聲音。也無從分辨母親以迷濛的眼神說著不得要領的話是因為意識已經模糊，還是意識及感情仍舊清楚，眼睛及嘴巴卻不聽使喚。

泡泡浴的女人傳了好幾封簡訊到我的手機，我也回了好幾次訊息，但是沒告訴她我去見那個牛郎的事。總覺得自己的行為不登大雅之堂。我和她互傳的訊息已經跳脫惠理的話題，回到整型的行程及搞笑漫畫的無聊話題。以前在同一家店上班，跟我感情比較好的同齡女子也打電話給我，向我抱怨以前指名過我和她的兩位客人之一，指名了我們都不喜歡的二十歲小女生。

光是保持同樣的姿勢玩手機、心不在焉地翻閱昨天來探病時買的幾本雜誌，腰和下半身就好像不是自己的，所以我趁母親中午吃了藥小睡的空檔來到走廊上。下樓抽菸的途中，手機響了，是醫院的電話號碼。還以為母親死了，結果只是有訪客來探病。我說我會馬上回去，但已經走到一樓，所以還是從東側的入口出去一下，吸了三口菸，無可奈何地回到母親病房所在的樓層，向專門照顧臨終病人的護士報到。

那個男人只報上名字，沒說自己姓什麼。又不是牛郎，只報上名字的人實屬罕見。但男人明顯不是牛郎，因為看上去已經到了知天命，甚至是花甲之年，從他的穿著一看就知道此人不只有錢，還很幸福。大概是自己開車來的，秋冬款的外套上沒有再披衣服，手裡也只拿著折起開口部分的紙袋。母親搬來我住的地方後，因為真的痛到不行，再加上呼吸困難，所以增加了痲藥的用量，基本上除了家人以外不見任何人。這也意味著除了我以外，應該沒有其他訪客。之前我不是每天都會來醫院，就算來了也只待幾個小時，所以就算有人來探病也不奇怪，但我實在無法想像有人來看母親的畫面。只有一次與自稱以前幫母親工作過的接案編輯前後腳出現在病房裡。

我正要說明母親的病情，男人臉上帶著微笑，慢條斯理地點點頭。

「我還以為再也見不到令堂了。」男人接著說：「我想把這個交給妳。」

他打開紙袋遞向我。不知是跟誰學的，還是已經被這個陳腔濫調洗腦了，腦中浮現出「不可以拿陌生人的東西」這句話。我的手舉到不上不下的高度，用眉毛和脖子表現出問號。

「請收下。這是令堂的東西。」

男人怎麼也不肯收回紙袋，我不想在護士來來去去的走廊上跟他糾纏不清，姑且抓住紙袋的開口而不是把手，以假裝檢查裡面有什麼東西的動作催他把話說清楚。或許是發現我什麼都不知道，也察覺此處不適合討論太深入的話題，男人問我可否給他一點兒時間。我先回了病房一趟，確定母親沒什麼變化，請他到醫院的中庭談話。他不肯收回紙袋，所以我在不曉得裡頭裝了什麼東西的情況下提著那玩意，不過從重量大致可以猜到是什麼。

「我第一次見到令堂的時候，妳還沒出生。」

如今已是單穿一件外套會冷的季節了，在中庭散步的住院病人及探病的訪客並不多。即便如此，僅有的幾張長椅還是坐滿人。男人找了張適當的長椅，才剛落坐，就望著坐在離他稍微有段距離的我說：

「妳知道『Conques』這家店嗎？」

我穿著單薄的大衣還是有點冷，但男人看起來好得很。我聽過男人說的那家店。

「家母以前唱歌的地方嗎？」

「對，那家店有個小舞臺。大概是為了掙生活費，令堂就像妳說的，在那個小舞臺上演唱自己寫的歌。光靠劇團女演員的收入無法餬口呢。只不過，那家店本身是女性接客的地方，令堂非常耀眼喔。」

印象中那家店已經沒有了。因此母親總是告訴我，那裡是文化交流的場所。我搬出和母親同居的家以後，才發現她根本謊話連篇。儘管如此，她還是很幸運。利用當夜總會歌手賺的小費學外文，開了一間小小的補習班，還出了幾本詩集，即使未婚生子也能養家活口，在某種程度算是自力更生。「幸運」也是母親自己說的。我相信這句聽起來帶著些許自謙意味的話並沒有說錯。

坐在斜前方的長椅上，正與坐輪椅的老太太面對面的人偷偷地瞥了我們一眼，害我開始覺得自己和男人坐的位置好像怪怪的。再想到要是旁邊的人聽見我們的對話，可能會以為我們是初次相認的親生父女，不覺莞爾。

我知道父親長什麼樣。父親是個看似自尊心很強、坐這山望那山高、很容易受傷的軟弱男人。年紀大概比身旁的男人再老一點兒。而且不像這個男人散發出有錢人的味道。父親雖然沒有認我，但是從我小學五年級開始，他就經常來看我，給我零用錢。國中一年級的時候，母親知道這件事，不准我們再見面。我對小學五年級突然出現的中年男子並沒有孺慕之情，反而是拿不到零用錢這件事更令我難過。國二時換我去找他，我們見了幾次面，國三時又被母親發現了，再次斬斷我們的聯繫。父親在我十六歲那年去世，而我剛滿十七歲就搬離與母親共同生活的家。

「每次令堂登臺的日子，我都會想方設法去捧場。我是她的歌迷。也看過她演戲，但是演戲的時候沒辦法一直盯著她看，所以她在 Conques 的表演是我可以近距離欣賞她的寶貴機會。她真的好漂亮，身體也很美。女兒聽到這種形容大概會覺得很噁心吧。」

那個男人有點傷腦筋地稍微挑起眉心笑了，我什麼也沒說，只是聳了聳肩，輕輕搖頭，揚起眉毛，表示我一點兒也不在意。男人繼續眉開眼笑地說：「令堂對自己的才藝引以為傲。」那家店為了取悅客人，讓歌手以幾近全裸的裝扮唱歌。

母親對此明顯表現出不願隨波逐流的態度，但是再怎麼抵抗也拗不過店家，只能穿上有穿等於沒穿的衣服獻唱。越接近全裸，客人的反應越熱烈。

「她的皮膚白皙、細緻，體型完全正中男人的喜好。我自封是她的頭號粉絲，所以很討厭看到喝醉的客人說話吃她豆腐，但其實我也想將她據為己有，跟那些藉酒裝瘋的客人沒有什麼太大的差別。」

「你沒向家母暗示過嗎？畢竟是那種百無禁忌的店。」

沒想到母親居然是半裸歌姬，這點讓我莫名愉悅。

「其他登臺的女孩為了多賺一點兒小費，除了表演的時間以外，也會坐在客人旁邊，甚至有很多人即使那天不用表演，也會在店裡陪酒，但令堂從不接客喔。唱完歌，去各桌收完小費後就躲進後場，不再露面。這點反而讓我們這些男人更覺得可望而不可即，拚命送花給她。當時我還是個窮小子，但也努力生出小費來給她。」

「家母還真高傲啊。」

抓住男人換氣的空檔，我立刻發表自己的感想，不料音量比我想像中還大，男人噗哧一聲笑出來，用比剛才更燦爛的笑容說：「我倒不覺得她的態度很高傲，但自尊心很強是真的。」

男人突然站起來，拉了拉外套的下襬，撫平皺褶，又坐回去。

微微西傾的太陽從男人的後腦勺照過來，一時間使男人的臉處於背光狀態，看起來黑乎乎的。這禮拜的天氣一直很好，尤其是今天，陽光特別刺眼。再過一個月就是冬天。醫生說母親不曉得能不能撐到明年。

「令堂後來就沒有在那家店唱歌了，辭職前，我們單獨喝過一次酒。」

男人重新坐定位，還以為他坐得比剛才離我更近一點兒，回過神來，是我自己的姿勢稍微往前傾，所以可能是我想太多了。不管怎樣，男人繼續往下說的臉龐確實比一開始離我更近點兒。

「Conques附近有家開到很晚的義大利餐廳，我們並肩坐在吧檯區，聊了快兩個小時。近距離一看，她的長相比舞臺上更標致，手臂和脖子沒有一絲傷痕，真的好漂亮，深怕喝醉就什麼都不記得了，我極力控制自己別喝太多，因為要是忘記就太可惜了。令堂不是愛笑的人，唯獨那天興高采烈地說著Conques店長和經理的壞話。她說她不要繼續在那家店唱歌了，我很擔心以後再也見不到她，還請她不要辭職。於是她告訴我，她有心上人了。」

「對方是大她將近二十歲的導演，已經結婚了，老婆以前也是女演員。」

「是妳的父親吧。可是當時她說她想分手。我猜她是後來才知道自己懷孕了。辭職時，她說已經找到別的工作，所以也不演戲了。聽到她打算跟妳父親分手，我鼓起勇氣向她告白，但是被她以想暫時專心學習和工作為由，委婉地拒絕了。」

我心想應該去看一下母親的狀況了。不知不覺已經聊了許久。這個男人的話好多，不曉得還要講多久，而且怎麼也抓不到這個人講話的重點。他的語速極慢，要說優雅是很優雅，但是要說吊胃口也確實在吊我胃口，甚至讓人懷疑他是不是在爭取時間，彷彿太快說完會有什麼麻煩似的。坐在斜前方的人和他帶來的輪椅老太太已經離開了，反應過來時，在中庭散步的人只剩下原本的一半。

我從父親而非母親口中聽過這部分的來龍去脈。說穿了是個浮濫到反而有點不真實的故事。母親出生在離市中心其實並不遠的鄉下地方，是一家老字號的小餐館長女，底下還有兩個妹妹。母親恨透了鄉下地方，恨透了衛生環境不怎麼樣、唯有心比天高的餐館，也恨透了父母為自己招贅的事，跑去應徵劇團演員，投身於大都會令人眼花撩亂的花花世界。

劇團的主辦方是身為導演的父親，明明已經有家室，卻還經常招惹自己劇團的演員，根本不是什麼好東西，父親對母親一見鍾情，兩人很快發展出地下情。父親也曾經想過要離婚，卻又沒有被激情沖昏頭到忍心拋下兩個小孩和沒做錯任何事的妻子。我眼中的父親一點兒也不迷人，但也不知是真的很有桃花運，還是夠溫柔體貼，總之情婦一個換過一個，從來沒斷過。聽說外面只有我這一個私生子。母親不允許父親利用付錢的方式來減輕罪惡感，除了生產的費用之外，沒拿過父親一毛錢。話又說回來，父親也不是什麼有錢人。

國二的夏日尾聲，撥打父親以前告訴我的電話號碼，相隔一年多再見到父親時，我的手臂有嚴重的燒傷痕跡，父親看了非常難過。我什麼都不用說，父親就猜到是母親幹的好事，氣急敗壞地怒吼：「是妳媽弄的吧！」這是事實，我無法否認。

父親唉聲嘆氣地說：「都是我害的，明知妳媽絕對不會原諒我，還去找妳，妳媽恨的對象不是妳喔。」還說：「妳媽一直很擔心自己的東西被搶走。」我無法判斷母親是怕我被父親搶走，還是父親被我搶走。原本想問清楚，轉念一想，那只是父親的猜測，所以終究什麼也沒問。而且我可以確定，這兩種猜測都不對。

我沒有被母親打罵的記憶。升上國中二年級，開始換穿夏季制服時，有一天我先在曾經與朋友交往過的一群年長男人廝混的地方打發時間，晚上回家，原本看著窗外打字的母親露出驚訝又嫌棄的表情。當時我已經有過夜不歸宿或深夜才回家的紀錄，所以母親顯然不是對我回家的時間感到驚訝。我和朋友早已學會該如何避開學校的輔導，三更半夜還在外遊蕩時，和要去燈紅酒綠的場所時，會先在車站的廁所或去某個人的家換上便服。雖然不是每天這樣，但大部分的時間都是這樣過，所以不管是看到我喝得滿臉通紅，還是在母親不知道的店裡買的衣服，母親應該都不會驚訝才對。我告訴母親我是去朋友家，兩人聊了幾句後，就在我正要去洗臉的剎那，母親抓住我的手臂，把點燃的菸頭摁在我的手肘上方。我無意識地從聲帶裡發出短促的尖叫聲，不假思索地想抽回手臂時，菸頭在皮膚表面拉出一條烙印，沒多久，火苗熄滅，香菸掉在地上，但母親仍用力地抓住我的手。撕心裂肺的疼痛一閃而過，看著母親陷入我皮膚的手指，感覺與其說是母親抓住我，更像是母親與我緊緊相連。

該逃跑，還是該抱住母親，又或者該說點兒什麼……千頭萬緒的選擇在我腦海中飛速掠過。但我的身體放棄一切反應。母親也不看我的臉，而是盯著我的手臂，拿起放在打字機旁的銀色打火機，靠近我的手臂，點火，廉價的T恤緊緊貼著我的皮膚，袖口的部分發出可怕的燒焦味，只一瞬間就伸出火舌，吻遍我的肌膚。被火紋身的瞬間，皮膚發出動物般的氣味。母親大概也沒想到事情會變成這樣。若非被火勢和我的尖叫聲嚇到的母親立刻把喝到一半的咖啡潑在我身上，包裹在T恤底下的上半身或許會整個著火。望向母親，母親一臉驚魂未定的表情，過了好一會兒，才帶我去浴室沖冷水，帶我去大醫院急診。經歷過無數次起水泡、癢得不得了的煎熬後，最初摁上菸頭的地方和T恤著火的地方各自發炎潰爛，留下疤痕。

「那家店的女孩們多少都有些汲汲營營地在等待機會的小心思。相信從自己現在的環境跳槽到更好環境的機會，就藏在那些混不出什麼名堂的客人裡。」

我印象中的酒家女與男人口中的歡場女子不太一樣。至少除了錢以外，我在客人臉上看不到其他東西。不知是男人的記憶受到時間的美化，還是時代或場所使然，看在客人眼中，風月場所的女人基本上都是那副德行。

「有人會使出美人計，也有人會不客氣地提出問題與要求，當然也有人會以自己的才華為賣點。所以就連當時我這種無權無勢的毛頭小子也吃得開。我猜很多女生都會無所不用其極地接近客人、討好客人，交出自己的身體以換取金錢。其中也有人幾乎每天晚上都在接客。那些人最後都去了哪裡呢？令堂雖然性格很冷淡，但確實有才華，或許她也在尋找能讓她擺脫小劇團和外遇泥沼的救命稻草。偏偏她又聰明地知道這種地方沒有她追求的救贖，所以才離開那家店。」

有個比母親年輕，同樣擁有一雙明明看著遠方的眼睛，眼神卻迷濛失焦的女人坐在輪椅上，由看似丈夫的男人推著，從中庭的正中央朝東側的我們靠近。我也推過好幾次輪椅，帶母親來中庭晒太陽，但母親顯然不太喜歡這座人工庭園，一下子就表現出疲憊的樣子。母親大概打從心底輕蔑店裡那些與妓女無異的陪酒小姐。當然也瞧不起那些來買她們，買久了還以為也能買到母親的男人。

男人看著我，露出有些畏光的表情。他的眼神具備養尊處優的人特有的、能看出個中玄機的目光。我猜他正在想像我那亂七八糟的房間。至此，我真的開始在意起母親的狀況了，刻意打開手機看時間。男人問我：「妳要回去了嗎？」又說：「可以邊走邊說嗎？」我不只在意母親的狀況，雖說中庭還灑滿了夕陽餘暉，但身體已經冷死了。

等電梯的時候，男人說他覺得母親似乎痛恨自己的美貌。

「在吧檯喝酒時，她很不屑地說另一位歌手是店內高層的情婦，所以才不讓自己站上舞臺。還言之鑿鑿地說那傢伙唱歌時之所以能穿得比自己像樣，並不是因為歌唱實力，而是背後有醜陋的傷疤。還說獲得男人的讚賞根本沒有任何好處。男人把美女帶在身邊只是為了吸引別人欽羡的眼光，內心偷偷深愛的人其實都是醜八怪。這是令堂獨特的見解。」

目送一班擠滿醫院工作人員和推車的電梯門開了又關，好不容易等到下一班電梯，男人頓時噤口不言，謹慎地留意周圍的眼光，我則想也不想地走進電梯。比起上樓回病房，我更想下樓抽菸。

「不過，她說的或許並沒有錯。妳長得很像妳母親，也非常漂亮，所以或許妳也明白這個道理。令堂辭掉工作，獨自一人生下妳後，雖然不想讓妳父親知道，但身體一直不好，存款逐漸減少，工作好像也沒有著落。她偶爾會打電話給我。想跟以前一樣在夜總會唱歌，這當然沒有問題，但店裡大概會要求她這次得乖乖地下海陪酒。她已經厭倦了近乎全裸地唱歌。也擔心再這樣下去，遲早得跟男人上床，她很害怕自己的身體會被標上明碼價格，害怕得哭了。當時我剛自立門戶，手頭其實很緊，但仍打算竭盡所能，能借她多少算多少。」

電梯中途只停了兩次，沒多久就抵達母親病房的樓層。從只有一位護士進來到她在另一層樓出電梯的這段時間，男人暫時停止說話，但隨即又打開話匣子。後來男人又閉上嘴巴，明明電梯裡只剩下我們兩人，他仍用手擋住電梯門，讓我先出去，然後自己也小心翼翼地跟了出來。似乎沒打算跟進母親的病房，在梯廳停下腳步。

「令堂的性格太好了。看起來那麼高傲的一個人，卻無法變成壞女人，或是因為剛生完小孩，性格不太穩定。像我這麼純樸的人，大可以騙我為她散盡家產，等我背上巨額債務再拋棄我。她卻不肯接受我的資助，反而經常跟我見面，見面時總說她不想跟其他女人一起站在那種類似伸展臺的地方被品頭論足，更不想被男人包養，與其淪落至此，她寧願自己去賣。她並不愛我。她的愛肯定都給了妳父親。」

不知為何，自從我和男人走出電梯後，電梯就左等右等也等不來，梯廳的人越來越多。探完病正要回去的訪客、醫生及工作人員，穿著睡衣、看似去買東西的病人……輪流打量電梯上方的數字板，掂量著哪一部先來。

「告訴身為女兒的妳這件事顯然違反了遊戲規則，但是在我結婚後，我們仍斷斷續續地保持聯絡，結果還沒有正式為這段關係劃下句點，令堂就再也無法打電話或傳訊息給我了。」

感覺男人原本耳語般的音量在人來人往的梯廳似乎變大了點兒。男人說「我希望她能活久一點」的音量明明淹沒在噪音裡，才幾公尺外就聽不見，卻帶著有如放聲大喊的音色。

「我希望她能活久一點，所以請妳收下我想在她有生之年給她的錢。我不會再來找她了。看到令堂的臉，我大概會不顧一切地守在她身邊，直到她嚥下最後一口氣。但她絕對不希望曾經用錢買過她的男人陪在她身邊。她太有志氣了。絕對不會讓客人送她最後一程。」

男人把手放在我早已接過紙袋的手上，輕輕地握住我的手。男人的手很溫暖，令我大吃一驚。我的手在初冬的空氣中徹底變得冰涼，一時半刻無法恢復正常的體溫。

門的傾軋聲與鑰匙的旋轉聲以很短的間隔殘留在耳中，望向一片狼藉的桌子周圍，掙脫五公分高的短靴，我打開放在腳邊的手提包，拿出塞在裡頭的紙袋。來這一帶飲酒作樂的尋芳客通常都是付現金，而非賒帳或刷卡。所以我已經見慣了一整疊的鈔票，光靠重量及厚度就能估算大致上的金額。雖說母親的雙眼已渙散失焦，我也不願意在病房打開來看。回到家，雙腿併攏地跪坐在玄關，看著從紙袋裡拿出來的四個厚厚的銀行信封，拿起其中一個信封打開來看，裡頭有兩疊用銀行紙帶束起來的萬圓鈔。把手伸進袋子裡摸了摸，其餘三個信封都是相同的厚度。

回病房時，母親已經醒了，正張開嘴巴，發出聲音呼吸，一言不發地看著我，睜大雙眼。不知是刻意為之，還是發出聲音呼吸時從聲帶透出來，前後聽見兩次類似呻吟的聲音。我靠近母親，用能改變床鋪角度的遙控器降下靠背，母親念念有詞，似乎在說這樣不對，於是我又稍微升起靠背，這次母親什麼也沒說，呼吸聲似乎變得輕鬆一點兒。即使是母親被病魔奪走些許語言能力前，也很難揣測她在想什麼。母親的心情經常會陰晴不定地變來變去，在奇怪的地方特別頑固。儘管如此，我對母親的了解還是多過於對其他人，即使在母親失去語言能力的現在也不例外。

雖然時序才剛入冬，但太陽下山的速度比以前快得多，與白天待在中庭時沒兩樣的空氣為病房窗外帶了點兒暖意，那股暖意從窗外透進來，在床上灑落了一部分。

「日照時間變短了。」

我對母親說，不期待能得到母親的回答，以勉強不掉下來的姿勢淺淺地坐在母親的床緣，而不是椅子上。回醫院後，母親有時會回答「嗯」、「對呀」，有時一句話也不說，有時會扯著嗓門說些莫名其妙的話。已經無法像以前的母親那樣自圓其說，也無法以充滿詩意的詞彙表達過剩的自我意識。

「對呀。」

沒想到居然能換來母親口齒清晰的回答，原本只是斜睨著母親的我不禁改從正面觀察她的表情，與其說是回答，更像是刻在身體的反應，母親的目光焦點仍游移不定，不知落在何方。

「有個男人來過。」

「是喔。」

「給了我錢。」

「是喔。」

「我們家比我想的還窮嗎？」

「是喔。」

「妳怎麼不跟那個人結婚？」

「嗯。」

「姑且不論跟別人生過孩子的事，如果嫁給他，妳就能成為有錢人的愛妻了。不用躲躲藏藏，也不用半裸唱歌，或許還不會生病。不管能不能賺到錢，都能寫自己喜歡的詩喔。」

知道母親的反應已經不帶任何意義後，我一鼓作氣地說下來。這還是我有生以來第一次問母親這麼多問題。母親經常滔滔不絕地問我一堆問題，但我幾乎沒問過母親任何問題。明天晚上回來嗎？為什麼我們家沒有爸爸？光靠教課和出版詩集能賺多少錢？為什麼明明沒有要出去見人也要化妝、穿絲襪？為什麼明知我抽菸、喝酒也不生氣？為什麼不讓我見父親？妳知道我在這座城市做什麼工作嗎？妳聽得出我在說謊嗎？為什麼不打我也不趕我出去，卻要燒傷我的皮膚？我什麼也問不出口。

「生理期剛來後，陪我去買衛生棉的國中同學不知道發什麼瘋，給了我一個保險套，我放在包包裡，第二天去學校的時候卻不翼而飛。那個，是妳丟掉的吧？」

母親的反應越來越遲鈍，眼睛也開始半睜半閉，我從不曾問過母親的問題裡挑選不痛不癢、也沒多大意義的問題來試著問她。果然還是沒反應。我再次拿起夾在床墊和床框中間的遙控器，把床放平到幾乎與昏昏欲睡的母親的背平行。母親也沒有對這麼一來有沒有比較輕鬆表示反應。我站起來，從送晚餐來的護士手中接過餐盤，心想母親反正也不會吃，但還是把桌子拉到母親面前，放下餐盤。再淺淺地坐回床上那塊小小的領域。

「我的燙傷跟父親沒有關係吧？」

母親只用手指稍微摸過餐盤，連茶也不喝，猛一看，她的頭斜斜地靠著枕頭，眼睛已經閉上了。我繼續壓低聲線，以母親幾乎聽不見的音量說出這句話。母親並未睜眼。這時護士送藥來，母親微微抬起眼皮吃藥，再次用力地閉上雙眼睡覺。

母親想灼燒的大概是自己的肌膚吧。或者說，我是從她體內生出來的，所以我的皮膚也是母親的皮膚。我打開其他信封袋，悄悄地檢查鈔票的數量，這才想起我自己的房間既沒有可以上鎖的抽屜，也沒有保險箱。在這之前，每個月的薪水扣掉已經事先支領的日薪，再扣掉造型費用及罰款，從來也沒能剩多少錢拿回來，家裡也沒有其他昂貴或重要的物品。

從玄關支起沉重僵硬的身體，將紙袋放在矮桌上，把手提包放在自己腳邊，坐在地板的坐墊上，點一根菸。地板比上週更冷，我思索著要不要開暖器，最後還是決定先不開，直接穿著外套，從幾乎已經清空的手提包裡拿出手機。

——話說妳今天要上班嗎？

我仍斷斷續續地與泡泡浴的女人保持聯繫，一面傳訊息給她，從已經沒有小鋼珠獎品的紙箱裡拿出前幾天丟進去的護唇膏，剛塗抹在正中央有點偏硬的嘴唇上，就收到對方的回信。

——要。但很閒。現在沒有客人，大概午夜十二點就能下

班了。

——要去喝酒嗎？還是要去吃東西？

——嗯……我比較想吃東西，不過我今天開始連續上班四天，明天也從早上就要開工。

——早上幾點？十點？

——對。

看來是真的沒客人，她回訊息的速度非常快。她的工作態度很認真，印象中雙親都還健在，而且老家就在首都圈的千葉還是埼玉，雖然是沒怎麼聽過的鄉下地方，但也不是需要特地上東京發展的窮鄉僻壤。每週至少有四天去以前是花街柳巷的場所上班，多的時候六天，就連生理期來也會去其他不用真槍實彈的地方上班。每個月的收入大概是我每週在酒店上班六天的三倍。

——我想喝，所以等妳忙完這波再約我。

——這還真稀奇啊。難道是辭職後酒精不足？

——剛好有一筆臨時收入，再加上反正最近回家也睡不著。

——對了，SM的感想如何？

若非她提起，我早就忘了她特地傳網址給我的SM風俗店。在惠理的告別式上受到影響，倒也不是失落，只是無法理解她的人生怎麼會過成這樣可悲又可嘆，所以想多了解她一點兒。她在大阪或地方都市上班的地方應該都是普通的風月場所，所以關鍵大概不在SM，但我算準如果是SM的店，即使身上有火吻傷痕或刺青，大概也能通過面試。如果是泡泡浴或價碼還不錯的風月場所，在考慮長得好不好看以前，就會先因為身體的傷被刷掉了。惠理不只裝了假牙，左手腕到手肘內側還有一條條深度如出一轍的規則傷痕。她說是年輕時割的，但她死的時候也還很年輕。

——我還沒去。因為我白天一直待在醫院。SM的店應該不在乎刺青吧？

或許是接二連三地逼問已經無從得知是否還聽得懂人話的母親，我不假思索地提出自己未經調查的疑問。軟管型護唇膏的蓋子一時半刻蓋不回去，於是我又擠出一些在指尖，繼續塗抹在還維持著方才黏度的唇瓣上。

——現在有太多到府服務的花樣了。唯一不行的大概只有附設便宜的游泳池，主打攜家帶眷的溫泉吧。

我用右手輕撫左手臂，指尖從外側摸向內側，隔著衣服撫摸細微的凹凸不平。幫我紋身的師傅是女人，在國高中生人潮洶湧的熱鬧大街上開了一間又大又明亮的工作室，技術確實很好，做事也很細心。比起自己設計，更擅長忠實且精美地刻下客人帶來的圖片或照片，我從刺青雜誌裡挑了幾個圖案過去，她忠實地遵照我的要求，在被火紋身的地方稍微不按牌理出牌地運用了大量的黑色，讓傷痕變得很不明顯。那個地方被我撫摸過無數次，感覺只剩我的手指還記得突起的形狀，所有的凹凸不平幾乎皆已消失了。另一方面，就連沒有慘遭火吻的部位，也因為刺上了又粗又黑的線條，從上面摸下去多少有些浮腫如蚯蚓。

——再去喝酒吧。也要去找牛郎。

——笑。利用那一帶的拉客享受體驗價吧。把錢花在男人身上太可惜了。

看完泡泡浴女人傳來的訊息，我又傳了訊息給惠理指名過的牛郎。不確定他上班時是否會頻繁地看訊息。如果他不回訊息，就照泡泡浴女人說的，隨便找家店，花個三千塊或五千塊的體驗價喝酒算了。我邊打字邊站起來。

回到家都還沒有洗手，所以我先去浴室用洗手乳把手洗乾淨，用放在洗衣機上的舊浴巾擦乾，將臉湊到鏡子前，檢查妝容，拿起折疊式鏡子和可拆式離子夾，再次坐回矮桌前。在燈光不夠亮的情況下，妝看起來很濃，但夜晚外出時，妝濃一點兒比較好。為了提神醒腦，直接把寫了一堆看不懂的亞洲文字的涼鼻吸劑塞進鼻子裡，再用眉筆補滿眼頭的眉毛。涼鼻吸劑原本只有薄荷成分，但也有中國籍的敗類會加入藥粉來賣。我記得是惠理恩客的手下。邊用棉花棒拭去眼尾暈開的殘妝，試著回想我們是什麼時候認識的。

電話響起，是那個牛郎打來的。

「早啊，怎麼啦。」

「咦，你現在不在店裡嗎？」

牛郎身後的轟然巨響顯然不是牛郎俱樂部的噪音。大約十年前紅到萬人空巷的搖滾樂團主唱正唱著我沒聽過的歌。聽不出是新歌，還是以前的專輯。

「我在美容院。想來剪頭髮，結果美容師說我有白頭髮，於是就順便染一下，沒想到這麼花時間。想說乾脆優雅地遲到好了。」

大概也是這一帶的美容院吧。這一帶無論是哪個行業，這個時間都熱鬧非凡。美容院如是，美甲沙龍如是，牛舌店亦如是。我刻意送上門當冤大頭。

「你幾點到？我要去喝酒。也可以約好再一起去喔。我想喝龍舌蘭和香檳。」

「怎麼啦，發生什麼事了？」

牛郎以輕描淡寫但設身處地的語氣問我，既沒有笑意，態度也未特別凝重。即使冤大頭主動送上門來，身經百戰的牛郎也能泰然自若、不慌不忙地保持警戒。有些接不下去的對話空檔，音樂聽得比剛才更清楚。我豎起耳朵，想聽清楚歌詞在唱什麼，發現是把我的名字比喻成天使，令人作嘔。

「我想不到要去哪裡喝酒。所以你幾點到？」

明知他對我懷有戒心，我仍死皮賴臉地追問。

「要不要在外面聊？」

「我比較想去店裡。最好是嘈雜的地方。」

「我在車站這邊的美容院，已經好了，大概再三十分鐘吧。」

牛郎放棄掙扎，丟下這句話，掛斷電話，我用指腹為眼皮塗上厚厚一層充滿光澤的眼影。搖滾歌手的歌聲比牛郎的聲音更餘音繞梁，可惜家裡沒有可以播放音樂的機器。菸灰缸堆滿菸蒂，幾乎都要滿出來了，因此剛才已經捻熄的香菸又延燒到某根菸草上，竄起一縷清煙。打開不曉得什麼時候放在桌子底下的寶特瓶，把水倒在菸灰缸上，澆熄那縷清煙。空氣中瀰漫著令人不悅的氣味，但無所謂，反正我要出門了。從男人給我的信封袋中拿出兩個放進廚房流理臺底下的櫃子裡，另一個收到床底下裝內褲的抽屜，打開最後一個，原本要拿出一疊鈔票，想了想又放回去，直接把裝有兩疊鈔票的信封袋放入手提包。帶著八百萬走在路上會很緊張，但如果只有兩百萬就沒問題。這座城市帶著裝有兩百萬的信封穿街過巷的女人要多少有多少。大概跟吵著要死的女人一樣多。

為了取回剛才打亂的節奏，趁著耳邊還迴盪著搖滾歌手的歌聲，轉動鑰匙，在殘響尚未消失的瞬間一把拉開通往樓梯的門，讓門發出金屬傾軋的聲音。儘管推門與拉門的感受不太一樣，仍呈現出比剛才更規律的節奏。我一口氣衝下樓，用高跟鞋的腳步聲踩碎久違的、出門的罪惡感。

讓體重落於身體的右側往前推，門一下子就開了。憑著這股氣勢踏上鋪著紅地毯的走廊，放開門，門以令人擔心的速度緩慢但確實地關上，沒發出一點兒聲音。最後才發出優雅而緩慢的聲響，知會我房門已經關緊了。小心不要發出腳步聲地行經走廊，兩部電梯的中間有兩個按扭，我伸出中指的指關節按了往下的按鈕。電梯發出只要豎起耳朵就能聽見的聲音，確實地往這層樓靠近，不一會兒就響起電梯停在這層樓的機械音。地板鋪著具有緩衝作用的橡膠材質，一路鋪進電梯裡，吸收了鞋跟的脆響。

已經很久沒有從不是自己的住處去醫院了。母親搬來我家前，當時母親還能自己換內衣，慢吞吞地起身上廁所，我也曾經從美甲沙龍或餐廳過去。早上直接去醫院時，總是在門的傾軋聲及高跟鞋敲打樓梯的腳步聲下出門。

急不可待地等中間隔著對講機的兩層玻璃自動門逐一打開，走到混凝土的大馬路上，發現裙子沾到許多狗毛，停下來用手拍掉。牛郎住在離俱樂部那條街兩站的車站西側。雖然是坐計程車來的，但我記得這條路，也知道要怎麼走到車站。因為我曾經和母親住在車站的東側。相較於西側有條通往林立著新大樓的大馬路，東側的每條路都很破舊，勉強還算位在市中心，但是除了房租很便宜以外，沒有任何值得為外人道的優點。我在東側上小學，在西側唸國中，與男人私奔的主婦朋友在東側長大，住在老公買的西側大樓裡。

「你怎麼住在這種地方？不覺得很不方便嗎？」

在店裡點了三次五杯一組的龍舌蘭，視野周圍開始變得朦朧後，我問牛郎。身邊坐著兩個來喝龍舌蘭的年輕牛郎，兩個人講話都很無趣，所以我一直跟曾經幫惠理出謀劃策的資深牛郎聊天。途中來了一個指名他的客人，我在打烊的同時離開那家店，而那位客人好像比我先走一步。

「要是離店裡太近，這群人會賴在我家不走。」

牛郎指了一下年輕的後輩們說道。還說其中一位年輕的牛郎曾經在他以前的住處寄宿過一段時間。年輕牛郎開始絮絮叨叨地說他以前住的地方太棒了、希望他再搬來附近、但也去過他現在住的地方……害我頓時失去興致，懶得問他以前住在哪裡。我想問的並不是他為何要住在和酒店街有段距離的地方，而是他為何要住在那裡。

如果要從大馬路走最短路線去車站，只要轉過角落的大型超市，穿過林立著好幾家便利商店及小鋼珠店的小巷子即可。但我想也不想地繼續走在大馬路上，在十字路口轉彎，穿過平交道，經過車站東側雜沓的商店街。原本做好心理準備，可能遲遲等不到平交道的柵欄升起，沒想到柵欄才映入眼簾就迫不及待地升起，我幾乎沒有停下腳步，保持原本的速度繼續往東走。有幾家商店依舊跟我記憶中一模一樣，開了幾家新的連鎖店，也有一些店已經關門大吉。

繼續往東走就是小學，順著坡道再走一小段，大概會走到母親的行李還原封不動放在屋子裡的住處，我在與鐵軌平行的小徑右轉，往車站的方向前進。我有母親房間的鑰匙，但沒有帶在身上。母親的房間大小跟我現在住的地方差不多，一邊是榻榻米，一邊是灰色的地毯，我就是在這兩個沒有任何特徵的房間裡長大的。鋪著地毯的房間擺了母親的書櫃和書桌，外面還有個小陽臺。榻榻米的房間則有我們吃飯和我做功課的茶几，晚上再把茶几推到角落，鋪上被褥。兩個房間以拉門隔開，沒有一寸多餘的空間，榻榻米的房間連著小巧的廚房，另一邊則是玄關。採用密閉式強制供排氣熱水器的浴室只有冬天能泡澡，但房間的採光非常好。小時候的記憶基本上都在明媚的陽光下度過。

只要稍微用點力，就能推開薄薄的拉門，後來經常隔開工作中的母親與我，但只要打開，兩個房間幾乎就能合而為一。我上小學前從未見那扇門關上，所以可能是母親拆下來，收到別的地方去了。我沒有門禁，也不像大部分的同學必須為了前途去學才藝。光靠隨時都能隨便打開的薄薄拉門實在很沒有安全感，所以我經常和朋友在外面鬼混到三更半夜。母親頂多偶爾挑剔一下我的服裝，明知我抽菸、偷東西，也不怎麼震驚或生氣。只是當我想起我們偶一為之的對話，我很清楚她瞧不起什麼樣的女人、看不慣什麼樣的錢。

自從我十七歲離家，就幾乎不曾重回與母親共同生活過的住處。那裡本來就沒有屬於我的空間，所以家具的配置應該沒什麼變動，只是換成母親獨自生活。或許也還沒把拉門裝回去也說不定。

商店與商店的間隔越來越小，再沒有拉下鐵門的商店，終於來到車水馬龍的車站前，熟悉的果菜行出現在視野左邊的角落裡。

店門口的熱鬧程度確實充滿商店街的風情，賣的卻是特別高級的蔬菜、水果，不是只能用來做成中華料理的特殊蔬菜，就是做成老土應酬用禮盒的水果。看似住在西側的年輕夫婦穿著大概是今年新買的閃亮皮衣，正在店門口挑選水果。我住的紅燈區入口及離我家最近的車站前也有果菜行。紅燈區的果菜行會用竹籤串起水果賣給年輕人以牟取暴利，車站前的果菜行則把水果切得很漂亮，和蛋糕一起賣給會去百貨公司購物的女性等上流階級的人以牟取暴利。這裡從以前就不屬於那兩種營利方式。

總是坐在店門口板凳上的中年瘦大媽還在，她以前總是坐在小桌子旁邊抽菸，不知是身體不好，還是心情不好，我從沒見她笑過。如今那個大媽還坐在那裡，跟我國中時看到她的印象幾乎一模一樣，唯有歲月如實地刻畫下這些年的痕跡。望向桌上，不知是在意起健康，還是受制於禁菸的法規，沒看到菸灰缸，正用以空罐做成的簡易收銀機算錢。膝蓋上放著雜誌，大媽本身還算樸素，但並非脂粉未施，這點也跟我記憶中一樣。沒有擦指甲油，但還是畫了眉毛，或許是太瘦了，絲毫沒有性吸引力。

至少就在這裡出生的我所知，她一直在這裡，一直是個中年女性，一直很瘦。提到這一站，我第一個想到的就是這家果菜行；提到這家果菜行，我第一個想到的就是這位大媽。年幼的我沒買過昂貴的水果，母親很討厭這家店。我發現這裡可以買到用水果新鮮現打的果汁，心想要不要買去醫院，還是買果凍之類的東西和新鮮水果，往店內看了一眼，有個年約三十歲上下的西裝男不曉得從哪裡冒出來，站在我的斜後方挑選水果，志得意滿地大聲嚷嚷：「媽，可以幫我裝一盒跟上次禮盒價錢一樣，但種類不同的水果嗎？」

大媽不苟言笑地指著店裡的年輕人，店員問了西裝男幾個問題，手腳俐落地開始裝箱。

我什麼也沒買，一聲不吭地用比想像中更快的速度走向車站。幾乎是小跑步的速度，大腿內側感覺怪怪的。

想起這是牛郎的腰骨碰到我的地方。我記得我們上床了，但不記得牛郎有沒有達到高潮。我躺在乾淨的深藍色素面床單上，使盡全力忍著不要吐出來，所以沒有達到高潮，但很久沒有被插入的陰道在那一瞬間擴張的感覺很舒服。牛郎說他沒有跟惠理做過。我無意相信牛郎說的話，但也覺得他說的應該是事實。

喝完龍舌蘭，已經過了最後點餐的時間，內場男人送上帳單，帳單上的數字還不到十萬圓，根本不用打開信封袋，我從錢包抽出現金付帳，讓信封袋繼續在手提包的底部沉睡。考慮到座位費和喝的啤酒、燒酒、兌水酒和龍舌蘭，再加上這種店混入了莫名其妙的服務費和指名費用，包含上次在內，感覺好像打了折，但或許行情就是這樣，而且折扣的金額微乎其微，所以我也沒問。或許是來之前吸了涼鼻吸劑，我醉到肩膀撞上電梯門，牛郎大概蹺掉打烊後的檢討會，陪在我身邊，我忘了我們聊了些什麼，恐怕是拿狗當藉口去他家。在他家醒來時，我並沒有疑問，也不怎麼後悔，只是左側的頭非常痛。

加快腳步往前走，不一會兒就走到車站，我想找出交通卡，但因為很少用，翻遍整個包包也沒找著。裝有兩大捆鈔票的信封袋還躺在包包底部。早上，牛郎在我洗澡時醒來，說要送我到車站，但我拒絕了。然後趁牛郎洗澡時，帶著些許的罪惡感檢查鈔票的數量。

曾經在惠理住處見過的狗滿懷期待地對我的包包伸出薄薄的舌頭，狗眼閃閃發光。無計可施下，我查了下坐到母親等死的醫院那站要多少錢，買了車票，跳上相隔好幾個月的電車。上次搭電車是去參加惠理的告別式時。

我猜不管是果凍還是果汁，母親大概都已經嘗不出味道了，但如果是果汁，母親可能還是會開心點兒，所以有些後悔沒買。西裝男不是大媽的兒子，卻厚臉皮地喊她「媽」，那個聲音還縈繞在我耳邊。母親討厭那家店，但應該不至於發現果汁是那家店賣的。但我的教育不容許我喊自己母親以外的人

「媽」。這個字眼的意義太過重大，意味著過去擁有我這具肉身的母親。母親出生得早，死的時候大概不到五十四歲。我要燒掉年僅五十三歲，頭髮及皮膚卻衰老得與老太婆無異的母親遺體。皮膚及血肉大概會熔解在火焰裡，留下骨頭，所以肯定也會留下牙齒吧。

行駛於地面上的電車不會經過離醫院最近的車站，所以我必須再走十五分鐘左右。想坐計程車，但隨上午特有的人潮流動，不知不覺就走過車站前的計程車招呼站。若非得要去醫院，我才不會在這個時間呼吸到自己住的街道以外的空氣。失去了早起的主婦朋友，如今想破頭也想不出早上可以做的事。

母親賦予我四肢健全的身體和讓這副身體失去價值的傷痕，以及在這段坐二望三、青春韶華所剩無幾的時期走在清晨將醒未醒的空氣中所浪費掉的時間。眼前有幾個一輩子活得勤勤懇懇的中年西裝男子和烏鴉和為自動販賣機補充飲料的貨車和看似被那輛車壓扁的咖啡罐。是病倒的母親讓我看見眼前的光景，我卻一點兒感想也沒有。

在醫院大廳辦理手續，接過已經不曉得借還過幾次的探病用徽章，搭上其中一部電梯，站在一整排數字鈕的面板前，比我晚進電梯、旁若無人地走到最裡面的兩位婦人不曉得是故意要讓我聽見，還是以為我聽不見，以帶點西部都市口音的低俗嗓音對我左手腕的刺青發表了許多意見。最後留下一句「明石先生的兒子也有刺青喔，帶孩子來參加明石先生的葬禮。」、「真的嗎？」的對話，在七樓出電梯。一人捧著花，一人提著高級水果的紙袋。

電梯再度啟動，感覺體內的空氣往下扯，一路上到母親的病房那層樓，中間都沒有停。面熟的護士剛好站在梯廳，所以簡單地跟她打聲招呼，趁她仔細打量我之前加快腳步走向病房。走廊上迴盪著高跟鞋沒常識的腳步聲，令我有些愉悅。我在牛郎家洗過澡，但沒洗頭。在醫院經過消毒的空氣中聞來，我的頭髮夾雜著菸酒的氣味，不太好聞。但也不能擦香水，以免母親噁心想吐，我自己也從昨天一直反胃到現在，不想聞到太強烈的味道。

推開母親的病房門，從其中一位護士的背影可以看出，病房裡有好幾個人。放慢走路的速度，走向離我最近的護士，為了讓對方發現我，還刻意摸了摸皮包，發出聲音。

母親還沒死，從喉嚨發出詭異的聲音，醫生正為她抽痰。是母親這次住院的頭一天，我們一起搭計程車來醫院時，負責與我們面談的主治醫師。

「呼吸困難不是因為痰卡住，但病人確實已經沒有體力自己吐痰，所以必須定期抽痰。今後將由護士負責。」

醫師從母親口中抽出吸引器，放在銀色的托盤上，看著我的臉，低下頭，再看著我的臉說。我不置可否地說了聲謝謝，為這種事道謝實在很奇怪，但除此之外又不知該說什麼才好，只好假裝憂心忡忡地盯著母親的臉，醫師讓開，轉身閃到靠近水龍頭的牆邊。除了剛才看到背影的護士，病房裡還有另一名護士。頂著臭氣衝天的頭髮置身於如此密集的人群中令我感到局促不安，但不靠近母親也很奇怪，我只好走到母親枕邊，盡量離醫師遠一點兒。母親微微一笑，先是語焉不詳地說出類似「他們幫我抽痰了」的意思，再口齒清晰地告訴我「因為我很不舒服」。

「很辛苦吧，每天來都要待上一整天的話。拖得太久，家人的身體通常也會撐不住喔，所以晚上請好好休息。」

我從醫生慰勞的話語中聽出不以為然的諷刺，但他的口氣十分溫和。然後以不讓我有機會拒絕的方式問我：「可以跟二位討論一下今後的方針嗎？」

「我猜令堂已經變得很痛苦了。尤其是胸部這一帶，有些部分已經快撐不住了。太太，您覺得呢？有沒有什麼一定要在有生之年完成的心願？請恕我直接問了，請問您還想活多久呢？」

「我想想喔。」

母親的回答比只有我一個人在病房時的意識更清楚。以下這句話也很有母親的風格。

「我覺得可以了。」

「嗯，所以具體而言是多久呢？」

醫師的口吻不時轉換成像小兒科醫生對發燒的小朋友說話那樣。這個瘦巴巴的男人鼻子底下長著鬍鬚，如果在外面看到他，實在不覺得這傢伙能有錢到哪裡去。

「我再跟女兒討論一下。我還有個想寫的東西。」

「您的手還能動嗎？」

醫師問道，母親稍微舉起手，但一下子就垂了下來，短促地吐出好幾口氣。看得出來就連這點重量也不勝負荷。母親的手上有一根頭髮，我幫她拿掉。母親的臉看起來就像是長滿細細的胎毛，我這才想起母親平常都會仔細地修臉。母親的頭髮看似比搬來我家時又少了一半。怎麼會這樣呢？明明沒有接受化療，也沒吃什麼有副作用的藥。難道連頭髮都開始失去求生意志嗎？

「累了吧，如果還有什麼心願未了，請盡量在這幾天內完成。如果需要協助，可以告訴令嬡或我們，我們會盡可能提供協助。」

醫師自作主張地把我納入盡可能提供協助的集團。在我能力所及的範圍內，大概沒有任何可以幫到母親的行為。

「好的。」

母親說完這句話，閉上眼睛。醫師一瞬也不瞬地凝視母親的雙眼，身體轉向我，眼角餘光仍落在母親身上，最後才把視線收回來面向我，對我點頭致意。還以為他要出去了，卻在我的目送下走到門邊，站在門戶洞開的走廊與病房之間，從床上看不見的位置停下腳步，吩咐我可能是今晚，也可能是一週後，總之即使是深夜也要盡量開著手機，保持聯絡。在我面前擠出笑容的護士也退到走廊上。仔細想想，對我們這種母女來說，這家醫院和病房都太乾淨、太寬敞，也太奢侈了。我不清楚給我錢的男人認為母親還能活多久，但母親的身價原來這麼高嗎？是因為母親皮膚白皙，完全是男人喜歡的外形嗎？

醫師和護士離去後，我走向母親，母親睜開眼睛。並未看著我的臉，但確實試圖對我說話。母親離開我家後，不是說她要喝蘋果汁，就是腰很痛，除了這些具體的要求以外，從未對我說過任何擲地有聲的話。

「妳戒菸啦？」

不知怎地，母親今天的意識很清醒，雖然有點口齒不清，仍以聽得見的音量問我，我回答「我會戒的」那一瞬間，很後悔怎麼沒先抽根菸再來醫院。好想在中午前先抽一根菸。至少在我搬出與母親共同生活的住處前，母親也抽菸，母親就是用她抽的菸燙傷我。我和母親都不可能忘記那件事。

「別抽了。」

這次母親終於清清楚楚地發出語尾的音。母親嘴脣乾裂，我本想趁她睡著時為她塗護脣膏。如果她已經不在意臉上的胎毛就不管它。窗外陽光燦爛。從這家醫院也能看見令人反胃的藍天白雲，跟我離開牛郎的住處，走到大馬路上看到的一樣。

「不懂的事就不要去懂。」

母親比剛才更大聲地說。

「咦？什麼意思？」

「只要懂妳懂的事就好了。」

不知是在回答我的問題，還是不理睬我的問題，母親說著模稜兩可的答案，再次閉上雙眼，臉上微帶笑意。閉著眼睛又重複一遍「只要懂妳懂的事就好了」，然後就閉口不言。鼻子底下連著氧氣管。提到人之將死，我還以為會插更多各式各樣的管線和針劑，剝奪身體的自由，但幾乎沒有任何東西能束縛從很早以前就註定要死的母親。不希望對話就此結束，回過神來，我已經開口了。

「謝謝妳的忠告。妳其實沒那麼討厭我吧。」

我刻意不提高語尾，以質問的口氣問道。從小，母親就經常當我不存在。並不是丟我一個人在家，也不是把我關起來。我不喜歡母親寫的詩。狹小的屋子裡住了兩個女人，其中一個還是小孩子，無論如何都會被書包及講義弄得雜亂無章。我不知道有意忽略這種雜亂無章或生活感的詩美在哪裡。總覺得那不是在名不見經傳的夜總會唱歌，住在榻榻米房間的女人該編織的詞彙。但母親想描繪的世界並不是榻榻米房間的生活，而是種在從窗戶延伸出去、稱為陽臺實在太小的空間裡的香草和傍晚以後，那叢香草後面平凡無奇的街景逐漸消失的黑暗，母親似乎只愛這些東西。雖然只有一小截，從與母親生活的房間可以看到河。母親寫作時絕不能跟她說話，但我無從分辨母親怔忡地凝視河面的時間是否也包含在寫作的時間裡，所以我終究沒敢打擾母親。不只果菜行，我猜母親也討厭自己住的街道和房間。

進入青春期後，我很害怕與母親單獨相處。一開始讓朋友看我被母親燒傷的皮膚還能博得同情，離家後就再也沒給別人看過了。剛去酒店上班時，我的刺青尚未完成，選擇不用穿必須露出肌膚的禮服而是套裝接客的店也是基於這個原因。如果只有被香菸燙傷的痕跡還能忍耐，但是在我手臂後面和肩膀形成匪夷所思的潰爛傷痕是我從未在別人身上看到過的形狀，我為此感到極度羞恥。十七歲離家出走，要靠這副不想讓人看見的身體過活其實很不容易。一起在故鄉鬼混的朋友多半不是跟男人同居，就是靠男人的錢過日子。若不是在酒店上班的前輩把自己租的房間轉租給我，或許我不是流落街頭，就是又回到母親住的地方也未可知。

我在小鋼珠店也在居酒屋工作過，但是靠這些工作的收入，再過多久都無法搬離前輩的住處，所以我賣酒不賣身地在酒店上班。年過二十，不只被火紋身的部位，又多了好幾個刺青後，我有了初體驗。儘管如此，我還是很害怕別人碰我兩條手臂後面特別凹凸不平的腫大部分。記憶中，母親把菸頭摁在我身上的時候幾乎是拚了老命，表情十分著急，彷彿看不見四周。我覺得那不是憤怒。至少不是對我的憤怒，但又非常迫切。我在酒店的後場等客人指名時經常想起母親當時的表情。我沒有告訴母親我在什麼樣的酒店上班，但我猜母親多少想像得出來。

「妳就快不能說話了。」

聽到我這句話，母親睜開雙眼，看著我的方向，說了一句類似「是嗎」的話。語氣慢慢回到因麻藥生效而變得語焉不詳的狀態。

「妳不後悔生下我嗎？」

感覺母親以逐漸口齒不清的語氣喃喃低語，我還以為母親是在自問自答，又問了一遍。

「我不後悔生下妳。我對妳爸也是這麼說的。」

這是我第一次聽到母親這樣稱呼我早已作古的父親。

計程車停在公寓前，我搖搖晃晃地下車，天色已經完全從矇矇亮過渡到早晨了。空氣冷冽清澈得稱為冬天也不為過，足以證明時序已然進入下一個月份。皮外套很短，所以腰部寒颼颼的。早知道就圍圍巾。

我繞到公寓後面，推開停車場深處沉甸甸的門，從門邊的內梯爬到三樓。原本應該重若千金的雙腿踩著比想像中更輕快的步伐拾級而上，鞋跟發出瘖啞的鈍響。爬到三樓，用上全身的體重推開通往走廊厚重的門板，耳邊傳來金屬的傾軋聲，每夜每夜，我都在這扇門完全關妥前插入鑰匙，往左旋轉，進屋。但今天雙手都提著行李，無法這麼做。只好站在原地，不慌不忙地觀察門緩慢地閉合，就連門徹底關好的聲音都聽得一清二楚。這是我第一次有意識地在這麼近的距離聆聽門關上的聲音。放下一邊的行李，打開手提包，拿出鑰匙，插入自己房間的門鎖，向左旋轉，傾聽開鎖的聲音。這時可以聽見各種活在傾軋聲與轉動鑰匙的節奏中不曾聽見的聲音。明明這些聲音並不會讓我感到任何不愉快。

再次拎起地上的行李，直接放在玄關前面的房間裡。用手拔掉雙腳的高跟鞋，解救浮腫疼痛的雙腿，隨手將鞋丟在玄關，直接背著手提包走向洗臉臺。鏡中的臉龐雖疲累，但皮膚的狀況還不錯。我已經快二十個小時粒米未進了，肚子餓得慌。用洗手乳洗了手，再用前天早上用過的浴巾擦乾，提起所有的行李，坐在矮桌前。

點上一根菸，吸進一口，原本快要閉上的眼睛頓時亮了起來。扭開桌上尚未開封的寶特瓶，灌下一大口茶。腰部好冷，還在隱隱作痛。

在牛郎家過夜的隔天從醫院回家後，生理期就來了。每次做愛，生理期都會如約而至。前兩天的經血很多、小腹也痛得厲害，但今天已經是第四天了，小腹和腰還時不時地隱隱作痛。二十歲前就覺得生理期不是很順，但過了一段時間，發現只要每個月至少做一次愛，生理期就會變得很規律。惠理死後，包括店裡的客人在內，我沒跟任何人上過床，所以大概是遭到牛郎的肉體嵌入後，身體連忙做出反應。

把占滿一隻手的紙袋和母親用過的兩個皮包放到一邊，不管三七二十一地先抽完一根菸再說。牙刷和漱口杯都可以丟掉了。得去打掃那個看得見河景的房間並辦理退租手續才行，值得保存的物品或必須放入棺木的物品恐怕寥寥無幾。母親沒有囤積的習慣。紙袋裡是醫院專屬的按摩師前幾天來幫母親按摩時送給她的一小束花。我拉過記憶所及、母親長期外出時用來裝工作用品的皮包。

昨天，母親一夜無眠。我總是算準母親睡著的時間離開病房回家。倘若母親不睡覺，我就無法離開病房。母親已經說不出話來，血壓及體溫都很低，呼吸時一直發出令人毛骨悚然的聲音。醫生們三番兩次過來探視，為母親量血壓，向我報告一絲人味也沒有的數字，丟下一句「我待會兒再來」便離開病房。後來只剩護士來探視，為母親抽了一次痰，然後就只是靜觀其變。等待死神降臨。

我握了握母親的手，母親也輕輕地回握一下，比平常更認真地筆直看著我，但光靠斷斷續續的短促鼻息實在聽不懂母親想表達什麼。若放開母親的手，呼吸聲就會變大，所以我幾乎整晚握著母親的手。隨著呼吸間隔越來越久，護士幾乎都守在病房門口待命。母親已經無法再交代任何機密事項了，所以她們不如直接進來算了。母親先是吸了一大口氣，然後就停止呼吸了。護士進來，正要對我說什麼，母親又吸了一口大氣。這是母親的最後一口氣，我的注意力卻被護士要說的話岔開，沒看見母親嚥下最後一口氣的臉。當我拉回視線，又看了好一會兒，母親的臉色和表情已經與死人無異了。

忍著瀕臨潰堤的尿意聽完護士的死亡宣判，我趁護士為母親擦身體的空檔衝向走廊上的廁所，而非病房裡的廁所。衝進去的時候太急沒空看，上完廁所後看著鏡子，我的眼神就跟在俱樂部咬碎一整顆迷幻藥時一樣空洞。我在醫院當然沒吃藥，出門前也只喝了提神飲料。心想或許是身體自動吸收母親用來止痛的麻藥。我的臉色難看極了。

回家再照一次鏡子，鏡中的臉色稍微好一點兒了。雖然眼神還是渙散失焦，但眼睛底下不自然的凹陷及眼皮被提起來的感覺都不見了。我猜母親最後一次住院後大概再也沒打開過皮包，明知拉鍊咬得很緊，仍舊使出蠻力往旁邊扯開，除了一開始有點卡，之後便順順地拉開。裡頭有筆記本及文具、幾本書、筆記型電腦和充電用的電源線，聽說筆電如果太久不充電就無法充電了。

拉開拉鍊，最早映入眼簾的筆記本並不算太舊，從寫在第一頁的日期來看，應該是母親知道自己得了不治之症後開始寫的。字體有時極端潦草，但也有可以順利辨識的地方。沒有格線的空白筆記本每一頁的字都不多，多半是只有幾行的隨筆。有的還有標題，篇幅雖短，也知道那大概是什麼詩。也有類似歌詞的文字。有很多若說是母親寫的我會相信，若說不是母親寫的我也會相信的文字。還有些文字附著小巧的素描，貓的插圖引起我的注意。母親和我都沒養過貓。

繼續翻頁，看到日期，我嚇了一跳。搬來我家的母親不是躺在被窩裡昏睡，就是什麼食物都只吃一小口，虛弱到頂多只能起身上廁所。那段時間卻寫了很多東西。她說她躺在醫院的病床上寫不出最後的詩才來我家。可是待在我家的母親除了維持生命的體力以外，已經沒有力氣再做其他事了。我不清楚是大限之日比母親想像中更早到來，還是母親打從一開始就沒打算寫詩，只是想跟我共度幾天，我想應該以上皆是。無從分辨母親到底有沒有心要寫作，總之母親沒能寫出最後一首詩就撒手人寰了。

翻到接近我送她去醫院的日期，有一頁附了標題。看似標題的文字是片假名的「門」。

——夜晚就快來了。

——可以嗎？

隔了幾行空白，後面還有三行。我邊往下看，邊不斷地撫摸兩條手臂後面。

曾經那麼在意的凹凸不平，此時此刻突然摸不到了，感覺那裡已經既不腫脹，也沒有凹陷。

即使腦海中又浮現出皮膚發出細微聲響燃燒起火的畫面，也不像以前那樣感到疼痛了。

——門會砰地一聲關上了。

——門關上時，不需要解釋。

——可以的話，請靜靜地關上。

嬉文化
資優
（原名：ギフテッド）

著　　者／鈴木涼美
譯　　者／緋華璃
執 行 長／陳君平
美術總監／沙雲佩
國際版權／黃令歡、高子甯、賴瑜妗
榮譽發行人／黃鎮隆
美術編輯／李政儀
內文排版／謝青秀
協　　理／洪琇菁
文字校對／朱瑩倫
執行編輯／丁玉霈

出　　版／城邦文化事業股份有限公司 尖端出版
台北市南港區昆陽街十六號八樓
電話：（〇二）二五〇〇－七六〇〇
傳真：（〇二）二五〇〇－二六八三
E-mail: 7novels@mail2.spp.com.tw

發　　行／英屬蓋曼群島商家庭傳媒股份有限公司城邦分公司 尖端出版
台北市南港區昆陽街十六號八樓
電話：（〇二）二五〇〇－七六〇〇（代表號）
傳真：（〇二）二五〇〇－一九七九

中彰投以北經銷／楨彥有限公司（含宜花東）
電話：（〇二）八九一九－三三六九
傳真：（〇二）八九一四－五五二四

雲嘉以南／智豐圖書有限公司
（嘉義公司）電話：（〇五）二三三－三八五二
傳真：（〇五）二三三－三八六三
（高雄公司）電話：（〇七）三七三－〇〇七九
傳真：（〇七）三七三－〇〇八七

香港經銷／城邦（香港）出版集團有限公司
香港灣仔駱克道一九三號東超商業中心一樓
電話：（八五二）二五〇八－六二三一
傳真：（八五二）二五七八－九三三七
E-mail：hkcite@biznetvigator.com

新馬經銷／城邦（馬新）出版集團 Cite（M）Sdn. Bhd.
E-mail：cite@cite.com.my

法律顧問／王子文律師　元禾法律事務所
台北市羅斯福路三段三十七號十五樓

二〇二四年三月一版一刷

■中文版■

郵購注意事項：
1.填妥劃撥單資料：帳號：50003021戶名：英屬蓋曼群島商家庭傳媒(股)公司城邦分公司。2.通信欄內註明訂購書名與冊數。3.劃撥金額低於500元，請加附掛號郵資50元。如劃撥日起 10～14日，仍未收到書時，請洽劃撥組。劃撥專線TEL：(03)312-4212 ・ FAX：(03)322-4621。E-mail：marketing@spp.com.tw

國家圖書館出版品預行編目資料

資優 / 鈴木涼美作；緋華璃譯. -- 一版. -- 臺北市：城邦文化事業股份有限公司尖端出版：英屬蓋曼群島商家庭傳媒股份有限公司城邦分公司尖端出版發行, 2024.03

面； 公分

譯自：**ギフテッド**

ISBN 978-626-377-514-5(平裝)

861.57 112019503